Thüring von Ringoltingen

Melusine

In der Fassung des Buchs der Liebe
(1587)
Mit 22 Holzschnitten

Herausgegeben von
Hans-Gert Roloff

Reclam

RECLAMS UNIVERSAL-BIBLIOTHEK Nr. 1484
1969, 1991 Philipp Reclam jun. Verlag GmbH,
Siemensstraße 32, 71254 Ditzingen
info@reclam.de
Bibliographisch ergänzte Ausgabe 2020
Druck und Bindung: Elanders Waiblingen GmbH,
Anton-Schmidt-Straße 15, 71332 Waiblingen
Printed in Germany 2026
RECLAM, UNIVERSAL-BIBLIOTHEK und
RECLAMS UNIVERSAL-BIBLIOTHEK sind eingetragene Marken
der Philipp Reclam jun. GmbH & Co. KG, Stuttgart
ISBN 978-3-15-001484-4
reclam.de

Historia und Geschicht von Melusina /

der Edlen und Hochgebornen Kônigin auß Franckreich / etc. Und mit was seltzamen Gespensten dieselbige / alle Sonnabend oder Sambstag / in ein Meerwunder ist verwandelt worden.

Das I. Cap.

Wie Herr Johann von Portenach[1] seinem Caplan befahle / diß Buch in Frantzôsische Sprach zu machen.

ES ist gewesen vor zeiten ein Graff von Potiers[2] in Franckreich / der da war ein Herr zu Portenach / unnd begerte von einem / seinem Caplan / daß er ihm auß allen seinen fôrderen[3] Chronicken wolte zusammen lesen / wie oder durch was

1. Parthenay, Stadt und Arrondissement im Poitou (Dép. Deux-Sèvres). – 2. Poitiers, Hauptstadt des Poitou (Dép. Vienne). – 3. Vorfahren.

Leut das Schloß oder die Statt Lusinien[4] / in Franckreich gelegen / angehebt / gebawet und gestifftet wer. Und hieß in mit Reimen ein Buch machen. Derselbige fand Bůcher in einer Frantzoͦsischen Sprache / die waren gemacht auß dem Latein / und sie wurden gefunden zu Portenach. Und auß denselbigen Bůchern fand er das hernach gezeichnet ist / unnd war der Sinn derselbigen Geschrifften zu Teutsch also:

Nach der zeit des Koͦniges von Franckreich / genannt Otto / da war zu Potiers in dem Koͦnigreich zu Franckreich ein edler Graff / wol erkannt[5] / der war genannt Emerich / unnd war ein wolgelehrter sinnreicher Herr / und besonder in der Kunst Astronomia / daß er sich deß Himmelslauff und der kůnfftigen ding viel wußt zu berichten. Derselbige war auch an Gut gar reich / unnd hette mit jagen grosse kurtzweil. Er hatte auch nur einen Son / und ein einige[6] Tochter / die er gar lieb hatt / der Sohn hieß Bertram / und die Tochter hieß Blantsette / die war ein schoͦne und zůchtige Jungfraw. Nun waren in dem Land zu Potiers viel grosser Wåld unnd auch Hoͦltzer / und besonder so hiesse ein Wald der Kůrbstforst[7] / in demselbigen Wald war gesessen ein gar edler Graffe / der warde geheissen der Graff von dem Forst / und er war an zeitlichem Gut gar Arm / und war auch beladen mit viel Kindern / Er war aber ein gar vernůnfftiger / weiser / redlicher Herr / und der auch gar bescheidenlich nach guter ordnung lebet / unnd sich und seine Kinder ehrlich hinzohe[8] / mit wenig Guts / darumb er wol erkannt ward / unnd auch von allermenniglich geehret / und gar wol gehalten. Derselbige Graff war auch desselbigen Stammens unnd Geschlechts / deß vorgenannten Graffen von Potiers / unnd seines Schilts unnd Helmsgenoß[9] / denn er war sein rechter Ohem[10]. Nu betracht der vorgenannte

4. Lusignan, Stadt im Poitou, südwestlich von Poitiers. – 5. bekannt. – 6. einzige. – 7. Couldrette (vgl. Nachwort S. 161): la forest de Colombiers (v. 177), heute: Coulombiers, zwischen Poitiers und Lusignan; von Thüring von Ringoltingen – vermutlich aufgrund schlechter handschriftlicher Vorlage – mit *kürpß vorst* (so Hs. d. 15. Jh.) wiedergegeben. – 8. mit Anstand unterhielt. – 9. führte das gleiche Wappen. – 10. hier: Blutsverwandter.

Graff Emerich von Potiers / daß sein Ohem / der Graffe vom Forst / arm wer / darzu mit viel Kindern beladen / unnd gedachte / wie er in seiner Kinder eins theils wolte entladen / ihm etwas gestatten / unnd zů hůlff kommen / daß er seine Narung desto baß[11] gehaben möchte / unnd die andern seine Kinder desto baß möchte außstewren und berahten[12].

Das II. Cap.

Hie halten sie die Hochzeit / und sitzen alle zu Tisch / trincken unnd essen mit einander in freudenreichem schall.

DEr Graff von Potiers hieß darauff zu Potiers ein grosse Hochzeit machen / unnd seinen Vettern[13] den Graffen vom Forst darzu beruffen / dann er sich deß mit seinen Lehenmannen zu thun berahten hette. Und auff dieselbige Hochzeit kam nu der genannt Graff vom Forst / mit drey seiner Söhne / gar mit weidenlicher[14] zucht und ordnung. Da nun auff dieser herrlichen und löblichen Hochzeit der Graff vom Forst erschiene / ehrt der von Potiers in und seine Söne / nach dem es sich gebůrt / und im auch von natůrlicher Lieb angehöret / und von Freundtschafft můglich war / unnd die Jůngling seines Vettern deß Graffen von dem Forst Sön ansehen und beschauwen ward. Unter den dreyen warde der jůngste / Reymundt genannt / ihm zumal wolgefallen / darumb er zu seinem Vettern unnd dem Graffen von dem Forst sprach: »Lieber Vetter / ich sihe wol / daß ir mit Kindern fast[15] beladen seyt / nun begere ich von euch / daß ihr mir euwer Söhn einen gebet / den sol und wil ich ziehen / als mein eygenes Kind / und ihn versorgen / deß ihr mir gantz vertrawen möcht.« Da antwort im sein Vetter / »welchen ir da haben wöllt unter den dreyen / der sey ewer.« Also forderte er den jůngsten / genannt Reymundt / der ihm auch

11. besser. – 12. versorgen, mit Hausrat und dgl. versehen. – 13. hier: Blutsverwandter. – 14. rechte (ritterliche) Haltung. – 15. sehr.

aller bast behaget. Das dancket ihm der Graff von dem Forst gar tugendtlich / und gabe im Reymundt / seinen Jůngsten Son / der auch zu mal ein gar Adelicher Knab / und gantz wolgestalt was.

Das III. Cap.

Wie Graff Emerich seines Vettern / deß Graffen vom Forst / Jůngsten Son / Reymund genannt / behielt / und wie der Graff vom Forst / und sein andere zween Sőn / von im hinweg schieden / und freundlich von einander urlaub[16] namen.

DA nun die Hochzeit auff drey Tag gewehret hett / nam der Graff vom Forst urlaub von seinem Vettern und Herren / unnd wolte widerumb zu Hauß reihten / und schied der Vatter und die Sőhn von Reymund / deßgleichen er von ihn / und war etwas betrůbet / doch so hett ihn der vorgenannt Graff Emerich gar Lieb / fůr anderen seiner Diener / denn er im auch fleissiger dienet / denn die andern theten / darzu er auch sein Geborner Freundt[17] was / darumb er ihn ehret unnd vorzohe / daß er von allem seinem Hofgesind / Freunden und Gůnnern geehret ward / einmals / da Graff Emerich nach seiner gewonheit auff einem Gejågdt[18] was / da die seinen jagten ein Wildes Schwein / reiht[19] Reymund hinnach / und eylete das Wilde Schwein vor den Hunden hin / unnd zohe das gantze Gejågdte nach / darumb auch der vorgenannte Graff dem Gejågdte schnell nacheylte / auff sein schaden[20] und ungewinn / und eylet ihm Reymund gar schnell nach / umb daß er seinen Vettern nicht verlůre in dem Walde / und hieß derselbige Wald Columpier[21] / und es was so spaht am Abendt / daß sie bey dem Monschein ritten in dem Wald / und eylten dem Gejågdt nach / und erschluge das Schwein viel Hunde zu todt / unnd hetten in alle seine Diener verloren / daß ihr keiner wußte / wo er hinkommen

16. Abschied. – 17. Freund und Blutsverwandter. – 18. Jagd. – 19. ritt. – 20. zu seinem Nachteil. – 21. s. Anm. 7.

was / außgenommen Reymund / der was bey ihm. Und also / wiewol Graff Emerich mehr denn mit zwentzig Mannen auff das Gejågd gezogen was / doch so hetten sie in alle verloren. Nun da sprach Reymund zu ihm: »Herr wir seind nun Nachts von allem Volck kommen / und haben die Hunde deß Gejågdts verloren / und all unser Volck / nun gebůret uns nicht hindersich[22] zu reiten gegen der Nacht / wenn wir das Gejågde / noch unser Volck / nicht wider finden kŏnnen / aber ich rahte / daß wir hie zu dem nechsten trachten / wo wir die Nacht etwan Herberg gehaben mŏgen.« Der Graff antwort / und sprach zu im: »Du redest recht / und rahtest auch wol / denn die Stern stehn / und scheinet auch der Mon gar hell /« Also fiengen sie an zu reiten uberzwerch[23] durch das Holtz / unnd funden zuletzt nach viel arbeit ein schŏnen Weg. Da sprach Reymund: »Herr / ich versihe mich / daß dieser Weg gen Potiers gehe.« Der Graff sprach: »Es mag vielleicht also seyn.« Reymund sprach: »Wir sollen eylen / villeicht so finden wir etwan unsers Volcks / die den Weg baß kennen / denn wir / so kommen wir nicht zu spaht / man låßt uns zu Potiers eyn.« Der Graff antwortet: »Ich folge gern deinem raht.«

Das IIII. Cap.

Wie Graff Emerich und Reymund das Gejågd verloren hetten / bey dem hellen Monschein / unnd sie beyde irr ritten in dem Wald. Und wie Graff Emerich groß Wunder sahe an dem Gestirn / und das Reymund sagte.

DA sie nun ritten / unnd der Graffe das Gestirn deß Himmels unnd der Planeten begund zu achten / denn er ein guter Astronomus war / und sich kůnfftiger dinge wißt zu berichten / so sihet er unter anderen Sternen einen Stern / und da er den ersahe / da erseufftzet er gar tieff / und sprach: »Ach GOTt / wie ist dein Wunder so groß und mannigfaltig /

22. zurück. – 23. quer.

oder wie mag doch die Natur an ihr selber ein solche gestalt haben / daß sie einen Mann låßt werden / der nun von seinem grossen ubel thun / und missethat / sol also in grossen unnd zeitlichen Ehren erhôcht werden / denn es doch unzimlich ist / daß von ubel thun jemand sol auffkommen[24] / oder geehret werden.« Er sprach: »Reymund / lieber Ohem /

komme herzu / ich zeige dir grosses Wunder unnd frembd Abendthewer / dergleichen du nie vernommen hast.« Reymund der war ein gůtiger Jůngling / der fragt seinen Herrn unnd Vettern / was das were. Antwort im der Graff Emerich / und sprach: »Da sihe ich / daß jetzund einer auff diese stund seinen Herren ertôdtet / Er wirdt ein gewaltiger Herr / unnd wirdt måchtiger unnd glůckhafftiger / denn keiner seiner Freund oder Beysessen[25] je ward.« Reymund schwiege / unnd redet nicht ein wort / unnd fande da ein Feuwer / das hetten die Hirten in demselbigen Holtz gelassen. Er stunde

24. sich erheben (in seinem Stand). – 25. hier soviel wie ›Nachbarn‹.

abe von dem Rossz / und klaubet klein Holtz zusammen / unnd machte ein Feuwer / denn es Kalt was. Der vorgenannt Graff stunde ab / im zu schaden / und wårmeten sich beyd bey dem Fewer / In dem so hôreten sie beyde durch das Holtz etwas herfůr brechen / Reymund der ergreiff schnell sein Schwerdt / deßgleichen der Graff seinen Spieß / so kommt dorther ein groß Schwein / klåppet mit seinen Zånen / und schaumet gar feindtlich. Reymund schrey den Graffen / seinen Herren an / und sprach: »O Herr behalt euwer Leben / unnd steiget schnell auff einen Baum.« Der Graff antwortet / unnd sprach: »Solches ist mir nie gehebt worden[26] / noch auch widerfahren / und sol mir auch / ob Gott wil / nimmer fůrgehebt[27] noch beweißt werden / daß ich durch eins Schweins willen so schendlich fliehe.« Das was Reymund fast leyd. Der Graff zucket den Spieß / und lieffs Schwein an / und gabe ihm einen stich / unnd traff es nicht recht / daß im das Schwein den stich abschluge / und ihn auff die Erden ernider warffe. Reymund der zucket seines Herren Spieß / und wolt das Schwein treffen / von grossem ungefell[28] / da fehlet er deß / daß im der Spieß abwiche / und stieß den seinem Herren unnd Vetter tieff in seinen Leib / Er zucket wider / und stach das Schwein recht / und fellet es / damit kehret er sich umb / und kam zu seinem Herren und Vettern / den fande er schnell in Todtsnôhten ligen / und verscheiden.

Das V. Cap.

Wie Reymund seinem Vettern sein ungefell klaget / umb daß er seinen Vettern und Herren also jåmmerlich ertôdtet hette.

ALs nun Reymund sahe das groß ungefell / das im allda zuhanden gangen[29] was / Bedarff man nicht fragen / ob er nicht grosse klage vollbracht hat. Ja solches jåmmerliches und bitters klagen / und sein Haar außrauffen / daß sein

26. begegnet. – 27. vorgehalten noch nachgewiesen. – 28. Mißgeschick. – 29. widerfahren.

gnug was / Und sprach: »Glück / wie hast du mich so gar mit Jammer / mit Elend / mit Hertzenleyd / und mit allem ungefelle / beladen / niemand aber sol sich an dich lassen[30] / denn du viel Jammers und Leydens zufügen kanst / dem du es günnest / unnd du kanst machen auß dem Armen einen Reichen / unnd auß dem Reichen einen Armen / dem einen hilffstu auff / dem andern nider / einem bistu süß / dem andern bitter / Ach Glück was hastu mich Armen Jungen Thoren geziegen[31] / denn du hast mich an Leib und Seel / an Ehr und Gut / verderbet / und mich in grosse noht / elend unnd Arbeit[32] bracht. Ach wolte Gott / daß ich nun auch sterben solt / unnd mit meinem allerliebsten Herren unnd Vettern begraben werden / das were mir eine auffenthaltung / denn ich deß zeitlichen todts gantz beraubet bin / und seyn muß / dieweil ich mein Leben habe / so mag ich auß argwon nimmer kommen / denn daß man mich darfür wird halten / ich habe den stich mit willen an meinem allerliebsten Herren und Vettern gethan / und in ermordt / so erbarms Gott von Himmel / daß ich jhe geboren ward / und verflucht sey die stund / in der ich empfangen ward / oder jhe an die Welt kam / denn ich die That gegen GOtt nimmer kan noch mag gebüssen.« Unnd also trieb er solche klage mehr denn auff ein stunde. Reymund saß wider auff sein Pferd / so in grossem Jammer / Leyden und Betrübnuß / mit grossem geschrey / unnd Jämmerlicher klag / und wand sein Händ kläglich / unnd ließ sein Pferd gehen ohn führen / und ohn alles weisen / daß er den Zaum nicht anrühret vor grossem leyd und jammer / das er in seinem Hertzen trug.

Das VI. Cap.

Wie Reymund also irr ritte in grosser klage / und zu dem Durstbrunnen kam / und Melusina da zu im kame / und ihn tröstet / und im alles saget / was im widerfahren oder künfftig was.

30. auf dich verlassen. – 31. beschuldigt (mit Schuld beladen). – 32. Mühsal, Not.

IN dieser grossen Jåmmerlichen klag / kam Reymund zu einem kůlen Brunnen / genannt der Durstbrunnen / Bey demselbigen Brunnen stunden drey gar schoͦne Jungfrauwen / Hochgeboren / unnd Adelicher gestalt / die er nu vor Leyd und Jammer gantz ubersehen / und ir nicht acht gehabt hett.

Under den die schoͦneste und jůngste zu ihm gieng / und sprache: »Ich habe nie kein Edelmann so unzůchtig[33] gesehen / daß er fůr einem Frauwenbilde hinritte / oder gienge / und nicht mit ir redet / noch ir kein Ehr erbiete.« Reymund antwortet ir allzeit nichts / unnd trieb seine Klag ståtiglich fůr sich / biß sie ihn bey dem Zaum fienge / und zu ihm sprach: »Sicher du beweisest gar nicht / daß du von dem hochgelobten Adel geborn seyest / daß du also stillschweigend fůrreiten woͦllest.« Da Reymund die Edle schoͦne Jungfrauwe ersahe / da erschracke er / und wußte nicht / ob er lebendig oder todt was / oder ob das ein Gespenst oder ein Frauw was / Sie sahe wol / daß er toͦdtlicher gestalt[34] was /

33. zuchtlos, unerzogen. – 34. wie ein Toter aussehend.

vor leyd unnd schrecken sich entferbet ohn unterlaß / Da fieng sie an / und schůldiget in grosser untrew[35] und unzucht / daß er nicht mit ir redte. Da begundte er die unsegliche schône ihres Leibs beschauwen / und sprang schnell von seinem Pferd auff die Erden / und sprach: »Ach aller schôneste Jungfrauw / ich begere mit fleiß an ewer Adeliche Tugend / daß ihr mir mein unzucht verzeihen wollet / denn ich sicherlich in solchem Leyd und Jammer bin / von eines grossen Jåmmerlichen ungefells wegen / das mir gar kůrtzlich widerfahren ist / daß ich nicht kundt wissen / ob ich todt oder lebendig was / denn ich was von mir selbs kommen / daß ich nicht wußte / was ich thet / oder wo ich was / und euwer nicht acht name / doch so bitte ich euwer Gnad demůtiglich / daß ihr mir es wôllet verzeihen / ich wil euch gern darumb zu Buß stehn.« Die Jungfraw antwortet gůtiglich / und sprach: »Reymund / lieber Freund / dein not und klag ist mir leid in trewen[36].« Da er hôret / daß sie in mit dem Namen nennte / das name in sehr wunder / und sprach: »Ach Edle Jungfraw / mich kan nit gnug verwundern / daß ir mein Namen wißt / denn mich důncket nit / daß ich euch kenne / doch so sihe ich wol ein unseglich schôn Angesicht / von Leib und Gestalt wol gezieret / unnd zůchtig / nun saget mir mein Hertz unnd Muht / ich sol in meinem Hertzenleid ein Trost von euch empfahen[37] / dardurch mir mein kummer etwas gemindert werde.«

Die Jungfrauw sprach: »Reymund / ich weiß deine noht und klage / und das ungefell / das dir zu dieser stund an deinem Herren unnd Vettern widerfahren ist / mit dem Schwein / unnd daß du ihn unnd das Wilde Schwein ertôdtet hast / das doch wider deinen willen und von ungefell geschehen ist / unnd wenn du meiner Lehr wilt folgen unnd nachkommen / so sol dir Gut / Ehr / Glůcks unnd Gelts nimmermehr gebresten[38] / sondern du solt glůckhafftiger / mächtiger unnd reicher werden / denn keiner deiner Freund.« Reymund gewan einen Trost von der Jungfrauwen freundt-

35. schlechte Sitten und Manieren. – 36. in Wahrheit. – 37. empfangen, erhalten. – 38. fehlen.

lichen worten. Die sprach widerumb zu im: »Lieber Reymund / was dir dein Vetter unnd Herr geweissaget hat / das muß auch an dir vollbracht werden / mit der hůlff Gottes / der alle ding vermag.«

Da nun Reymund hôret / daß sie von Gott saget / da gewan er einen besondern Trost / unnd gedacht in seinem Hertzen: Nun mag ich etwas Trosts haben / daß die Jungfrauw kein Gespenst noch keines Unglaubens / sondern von Christlichem Blut kommen / unnd nicht Unglåubig sey / und sprach zu ir: »Schône Adeliche Jungfraw / ich wil mein Hertz unnd Gemůht richten / euch zu hôren / und eweren gantzen willen vollbringen / Aber ich kan noch mag mir selbs nicht entziehen / muß je mit urlaub[39] euwer Gnad fragen / wie das kommet / daß ihr mein Namen môcht wissen / unnd wie euch auch fůrkommen môge oder kundt gethan / das grosse leyd und ungefell / das mir zu handen gangen und widerfahren ist / damit ich doch / ob man mit der warheit nicht gestattet / so mein Leib gewůrget hette / unnd ich euch nicht sahe / da mir das groß ungefell widerfuhr.« Sie trôstet ihn / unnd sprach: »Reymund verzage nicht / dein Glůck / Heyl unnd Ehr / die wil sich erheben / denn dir dein Vetter und Herr das vorhin hat gesagt / unnd nach Gott so bin ich die / durch die du diß alles magest erholen[40] / doch so zweiffel auch nicht / dann daß ich von Gottes Gnaden / und warlich ein gut Christen Mensch sey / denn ich glaub alles das / das ein Christen Mensch sol halten und glauben / daß Gott von einer keuschen Jungfrawen geboren ist / und fůr uns arme Sůnder gelitten habe / Gott und Mensch aufferstanden / gehn Himmel gefahren« / unnd alle Artickel Christliches Glaubens / kundt sie ihm gar ordenlich erzelen. Und sagt zu im: »Reymund / du wirst gar weiß / und zu solchen Ehren kommen / daß keiner deines Geschlechts nie hôher kam / noch hinfůrter kommen wirdt.«

Reymund begundt ein grossen Trost empfahen / unnd wider zu seinen Sinnen unnd zu seiner farb kommen. Also antwortet er / unnd sprach: »Allerliebste schône unnd Ade-

39. Verlaub, Erlaubnis. – 40. erwerben.

liche Frauw / ich bin bereit alles das / das ir mir rahten / zu thun und zu erfůllen nach gantzer lieb und gutem vermőgen.« Die Jungfrauw sprach: »Reymund / du solt mir zum ersten schweren[41] bey Gott unnd seinem Leichnam / daß du mich zu einem Ehelichen Gemahel nemmen / und an keinem Sambstag mir nimmer nachfragen / noch mich ersuchen wőllest / weder durch dich selbs / noch jemand anderem gůnnen[42] / gehelen[43] / verschaffen / noch dich lassen darauff weisen / daß du mich denn immer ersuchst / wo ich sey / was ich thu oder schaff / sondern mich den gantzen Tag unbekůmmert lassen wőllest. So wil ich dir hinwider schweren und geloben / daß ich derselben und all mein Zeit und Tag / besonder auff denselbigen Tag an kein ende kommen wil / das dir schådlich oder unehrlich sey.« Diß alles gelobt und schwur ir Reymund. Aber ob er es hielt oder nicht / werdet ir hernach hőren / denn er sein Eyd und Trew an ihr brach / darumb im groß leyd und jammer zufiel.

Die Jungfraw sprach zu im: »Reymund / ist es sach[44] / daß du mir nicht leistet oder heltest / das du mir gelobet unnd geschworen hast / so solt du mich warlich verlieren / und mich nimmermehr gesehen / und es wirdt darnach deinen Kindern und Erben fast mißgehen / und werden abnemmen an Land und Leuten / an Ehr und an Gut.« Reymund der schwur ir aber zu dem andern mal / er wolte sich selbs darinnen nimmer ubersehen / sonder sein Trew und Gelůbd an ir getrewlichen halten. Das er ir aber darnach nicht hielt / darumb verlor er sein schőne und allerliebste Frauw / die im so ungeseglich lieb was / als ir denn hernach hőren werdet. Die Jungfraw sprach zu Reymund: »Nun solt du hin reihten gen Potiers / und ob man dich fragt / wo dein Herr sey / so magstu antworten: ›Ich hab ihn in dem Wald verloren‹ / deßgleichen die andern den mehrerntheil auch sagen / Darnach wirdt man in suchen / und zu letzt auch finden / und wird in mit grosser Klag gen Potiers fůhren / und mit Weiblicher betrůbnuß begraben / besonder die

41. schwören. – 42. erlauben. – 43. zustimmen. – 44. kommt es dahin.

Frauw und ire Kinder werden grossen Jammer und Hertzenleyd haben / und andere Frawen und Månner werden mit inen groß mitleiden haben / darinnen du sie trôsten solt / unnd inen freundtlich dienen in ihrem grossen Jammer und Hertzenleyd. Darnach / so er denn bestattet ist / so werden die Edlen alle kommen / unnd ihre Lehen fůr seinem Son erkennen und empfahen / und dann solt du in bitten / daß er umb die getrewen dienst / die du dem Graffen von Potiers / der so nahe abgangen ist / gethan hast / dir ein Gab geben wôlle / allhie an diser statt / und bey dem Brunnen / da wir jetzund seind / nemlich so viel Erdrichs / Feldes und Holtz / als du in ein Hirschhaut beschliessen / oder damit umbfangen môgest / solches wirdt er dir nicht versagen / sonder dir das gůnnen / so solt du denn gedencken auff dieselbe stund / und ohn verziehen / daß dir darumb desselben Tags gut versigelte Brieff werden / darinnen begriffen sey / was die Gabe / oder warumb sie dir gegeben / und den Tag und das Jar mit rechtem Dato dareyn geschrieben / und wenn dir die Gab also gegeben / Verbriefft und Versigelt wird / so soltu dich denn ein weil enthalten / und dannen gehen / so wirstu denn alsbald finden einen Mann / der ein Hirschhaut feil tregt / denselben laß nicht von dir kommen / du kauffest denn dieselbige Hirschhaut / sie kost was sie wôlle / darauß soltu lassen schneiden einen schmalen Riemen / und so důnn als er geseyn mag / und solt in von gantzer Haut zu ringsumb lassen schneiden / und thue sie zusammen an ein Půschel[45] / und heiß dir denn dein Gabe außrichten / ob disem Brunnen bey disem starcken Felsen / und ziehe denn den Riemen herumb /« Unnd sie zeiget ihm / wo er ihn hinziehen solt / und sie hieß ihn hinwegreiten / und auff ein benannten Tag wider zu ir an diese statt kommen.

45. Bündel.

Das VII. Cap.

Wie Reymund von der Jungfrawen Melusina schied / und urlaub von ir nam / und hin gen Potiers ritt.

REymund nam urlaub von seinem Gemahel Melusina / und ritt hin gen Potiers / unnd verhieß ihr zu leisten / alles / das sie ihm zu thun gerahten hett / Er thet es auch nach ihrem raht. Und kame gen Potiers / an dem Morgen frůhe / Da er nun hineyn kam / da sprachen sie alle: »Reymund / wie kompt es / daß du ohn deinen Herren kommest / wo ist er hinkommen / oder ist er jemand bekommen.« Reymund antwortet in / und sprach: »Sicher ich habe in seydther nechten[46] Abends nie gesehen / denn er entritt mir in dem Wald / dem Gejågd nach / daß ich ihn nicht mocht erreiten / und habe in also verloren / und darnach nit mehr gesehen.« Also fraget man in nit fůrbaß[47] / und niemand hett sich versehen / daß dem Reymund solcher handel zu handen gangen / oder widerfahren were / wiewol er dadurch gar schwermůtig was / und gar erseufftzet / doch so hielte er sich darinnen gar klug und weißlich / und nach raht seines Gemahels / als im denn das zu thun gerahten hett. Nun kamen deß Graffen Diener alle ab dem Gejågde / einer vor / der ander nach / biß ohn zween / und ir keiner kundte aber nicht gesagen oder wissen / an welchem ende der Graffe am Abend zu letzt gewesen / oder blieben wer. Dardurch sich nun gar grosse klag zu Hof erhube / insonderheit von der Gråffin / und von iren Kindern. Von den erhub sich ein weinen / schreyen / grosser jammer und klagen / Und da sie also in dieser klag waren / da kamen die letzten zween Diener auch / und trugen den Graffen also todt / und hetten mit ihm grosse arbeit gethan / und sagten / wie sie ihn bey dem Schwein also todt gefunden hetten / aber erst da hub sich noch grősser und jåmmerlichere klag / denn das zumahl ein erbårmliche Sach was / insonderheit der Graffin und iren Kindern / da sie in also todt vor in sahen. Also ward er gar kőstlich und ehrlich

46. gestern abend. – 47. weiter.

mit grossem jammer und klagen / aller der seinen / zu seiner Begråbnuß bereit. Und beklagten in die Edle und Gemeine / jung und alt / Mann und Frawen / Geistlich und Weltlich / auß dermassen klåglich und sehr. Und er ward deß Morgens also bestettiget / gar Ehrlich zu der Erden / von allen den seinen / die man darzu erlangen mocht. Und besonder thet Reymund solche grosse klag / daß ihm dardurch gar viel Ehr zugezehlt / und von jederman gelobet ward / und in auch menniglich dester Ehrlicher hielte.

Das VIII. Cap.

Wie Reymund von seinem lieben Herrn und Vettern zu Lehen empfieng / so viel Erdtrichs / bey dem vorgenannten Durstbrunnen / als er mochte in eine Hirschhaut beschliessen / und umbfahen.

DA nun dieser Graff also wol bestettiget was / da kamen die Edlen alle zu seinem Sohn Graff Bertram / und erkenneten und empfiengen ir Lehen / als man denn gewöhnlich thut von einem newen Herrn. Reymund trat auch herfůr / und thet sein Gebet[48] / als er denn von Melusina / seinem Gemahel / zu thun underweißt was / und sprach also: »Gnådiger lieber Herr / ich bitte ewer Gnad / als umb die getrewen Dienste / die ich Graff Emerich meinem Herrn und Vettern seligen meine Tag gethan hab / daß ir mir geben wöllt / bey dem Durstbrunnen so viel Lands / Felds unnd Erdtrichs / an Eckern und Wießmat[49] / als viel ich in ein Hirschhaut beschliessen oder umbfahen mag / begere auch nit mehr darfůr / umb all meine dienst / und mich bedůncket / mein begern sey so schlecht und unköstlich[50] / daß ir mir es nicht versagen.« Der Herr antwort / und sprach: »Ich wil dich deines Gebets gewåhren / unnd dir es nicht versagen / es werd mir denn von meinen Råhten widerrahten.«

48. Bitte. – 49. Grünland, das zur Heugewinnung geeignet ist. – 50. sparsam, bescheiden.

Die Herren sprachen alle gemeinlich[51]: »Ihr sollet dem Reymund das nicht versagen / denn er solches und auch viel grössers umb unsern Herren ewern Vatter seligen / und umb ewer Gnad wol verdienet hat.« Der Graff Bertram gab ihm die Gab nach seinem begern. Also bat in Reymund gar fleissiglich / daß er ihm darumb ein besorgnuß[52] thet und geb / Also ließ er ihm zu stund ein Brieff machen / der auch gar meisterlich gesetzt was / daß ihr etliche gedaucht[53] / er hienge sein Insigel nicht daran / es were nichts / und waren alle willig. Und da der Brieff also wol gestellet unnd versigelt ward / mit deß Graffen mehrerem Insigel / mit sampt der andern Herren und Ritter Insigel / und das Datum deß Jars und Tages schön ward dareyn gesetzt mit den Zeugen / desselben Morgens fand Reymund ein Mann / der truge feil ein Hirschhaut / gar schön unnd wol gegerbet / die kauffet er von stund an / und ließ die gar schmal unnd dünne in Riemenweiß zerschneiden / nach dem lengsten / als man mocht und kundt / und kame darnach wider zu dem Graffen / unnd begert allda / daß man im seine Gabe freundtlich und tugendtlich wölte außrichten.

Das IX. Cap.

Wie der Graff ordnet von stundan seine Botten / und auch etliche seine Råht / die mit Reymund ritten zu dem Durstbrunnen / ihm seiner Gab außrichtung zu thun.

DER Graffe ordnet von stundan seine Botten / und etlich seiner Råht / die mit Reymund ritten zu dem Durstbrunnen / im seiner Gabe außrichtung zu thun. Und da sie zu dem Durstbrunnen kamen / und sie sahen / daß Reymund die Hirschhaut so schmal und klein in Riemenweiß geschnitten hett / deß nam sie alle wunder / unnd wußten nicht / was ihn darinnen zu thun oder zu lassen wer / denn sie gedauchte / es würde da gar viel zu weit an Holtz und Felsen /

51. ohne Unterschied, insgesamt. – 52. Sicherheit. – 53. dünkte.

an Wald und Land / begreiffen. Zu der stund / da kamen zween unerkandte[54] Mann / und namen die ungeschnittene Hirschhaut / und wunden sie zusammen / zu einem Půschel / der da groß ward / sie stecketen einen Pfal auff ein besonderen ort in der Erden / und bunden dasselbige ort deß

langen Riemens / an den Pfal / und umbzogen da den Felß / und den vorgenannten Durstbrunnen / und gar ein grosse weite deß Thals / darinnen auch ein hůbscher Bach hinfloß / unnd hetten also zu stundan ein gar weite Weyd beschlagen und umbfangen / daß die Botten / die dahin gesandt waren / sich deß nicht versehen hetten / daß man kaum den halben theil so viel / und als weit damit immer hett mǒgen begreiffen. Doch was ihm geredt und gegeben war / hielten sie im begnůglich[55] / und ritten gen Carthause darbey gelegen / unnd kamen gen Potiers / und erzehlten das ihrem Herren vor allem Volck / wie zween unerkandte[56] Månner die Riemen gezogen hetten / unnd an den Pfal gehefftet / unnd wie

54. nicht bekannte. – 55. zur Genüge. – 56. fremde.

es so grosse weite begriffen hett. Der Graff sprach: »Das ist mir ein seltzam und ein frembde Sach / es mag mir wol ein Gespenst seyn / denn ich habe viel unnd dick[57] gehöret sagen / daß etwas frembder wunder Abendthewer dick bey dem Brunnen gesehen sey / Deßgleichen möchte Reymunden auch etwas frembdes allda widerfahren seyn / oder noch widerfahren / doch wölle Gott daß es im gut sey / und sein Glück / denn ich deß und alles guts meinem Freund und Ohem wol günnen wolte / als ich auch bekenne das billich zu seyn.« Reymund kam in demselben / und was gar wolgemut / unnd dancket dem Graffen gar fleissiglich seiner Gabe / unnd sprach: »Ich weiß nicht / was mir von dieser Gabe entstehen mag / aber ich hoff / mir sol viel gutes / auch glück unnd selde[58] / davon entstehen.« Reymund der stund deß Morgens frühe auff / und ritt wider zum vorgenannten Durstbrunnen / da fand er aber sein Frawen / die in also schön und auß dermassen wol empfienge / also sprechende zu ihm: »Lieber Reymund / biß mir Gott willkommen / denn du weiß unnd vernünfftig bist / denn alles das / das ich dich underweißt habe / das hast du nicht vergessen / sonder das nach meinem willen gantz und gar vollbracht / in massen / daß du sein doch grössere Ehre gewinnest.« Also giengen sie mit einander in ein Capellen / da sahe Reymund so viel schönes Volcks / Frawen / Ritter und Knecht / Priester / und mancherley ehrliches Volcks / gar reich bekleidet. Deß begundte sich Reymund gar sehr zu verwunderen / was oder welcherley Volcks diß were / unnd darumb mochte er sich nicht enthalten / er fragt seine Frawen / und sprach: »Wer oder von wannen ist das Volck alles?« Da antwort ihm die Frawe / und sprach: »Es sol dich nicht wunder nemmen / denn sie seyn alle dein« / unnd kehret sich darmit umb zu dem Volck / und gebott in allen / daß sie dem Reymund gehorsam und underthan weren / als ihrem rechten Herren und Gebieter / Das theten sie zu stund / und erboten ir auch Zucht und Ehr / die sie kundten.

57. oft. – 58. Segen, Heil.

Das X. Cap.

Wie Reymund der Jungfrawen Melusina Hofgesind beschauwet in der Capellen / und ihm das gar wol gefiel / und wie im auch so grosse Ehr von demselben Volck erbotten ward.

NUN gedachte Reymund heimlich / Das ist ein frembde gehorsamkeit / nu wölle mir verleyhen die Gottes krafft / daß es ein gutes ende gewinne. Die Fraw sahe / daß er in schweren gedancken was / und in einem starcken verwundern / als denn das nicht unbillich was / und an ihm selbs wol zu gedencken / darumb hube sie an / und sprach zu im: »Reymund / ich wil dir sagen / du kanst noch magest meinen Standt noch Wesen nicht eygentlich erkennen / biß daß du mich zu einem Ehelichen Gemahel genommen hast.« Reymund saget darnach zu ir: »Fraw / ich bin bereit zu allen zeiten / ewern willen zu thun / und den mit fleiß zu erfüllen.« Die Frauw antwort im / und sprach: »Lieber Reymund mein / es muß ein andere gestalt haben / und muß ehrlich zugehen / du must arbeit haben / und Leut zu meiner und deiner Hochzeit mit dir bringen / die da wissen Hochzeit nach ehren helffen zu halten / und außzurichten / und gedenck noch zweiffel nicht / denn die / die mit dir herkommen / nicht gebresten haben / oder gewinnen an keinen sachen / der man zu Hochzeiten bedarff / denn Rahts und Kost gnug da ist / unnd gedenck daß du mit den deinen / die du mit dir bringen wilt / ohn fehlen und auffzug auff den Montag jetzt künfftig / frühe zu rechter Tagzeit hie seyest.«

Reymund kehret umb / und ritt wider gen Potiers / schnelle zu seinem Herren / grüsset ihn / unnd sprach: »Gnådiger Herr / ich bin ewer Diener / und ewern Gnaden gewohnet in massen / daß da mich nit bedünckt billich zu seyn / daß ich euch könne meine Heimligkeit verhalten / noch verschweigen sol / und füge ewern Gnaden zu wissen / daß ich mir ein Frauw zu der Ehe genommen habe / die ein mächtige Edel Frauw ist / und sol und wil nun auff den jetzt künfftigen Montag Hochzeit haben / bey dem Brunnen genannt der Durstbrunnen / unnd darumb bitte ich euch gar demůtiglich / daß euwer Gnaden selber Persǒnlich da bey mir erscheinen / und mir solche Ehr thun wǒllet / deßgleichen meine Gnådige Fraw / ewer Mutter.« Der Graff antwort / und sprach: »Lieber Ohem / ich wil dir gar gern zu Ehren und auch zu Lieb darkommen / unnd dir deine Bitte nicht versagen / ich hoffe / daß mein Frauw und Mutter deßgleichen auch thu. Doch eins muß ich dich je fragen / wer oder von wannen ist die Frauw / die du genommen hast / schauw daß du nit mißfahrest[59] / von welcher Gegendt / oder was Geschlechts ist sie / auch sage mir / ob sie fast wol und Hochgeboren sey / denn ich jhe dir zu lieb darkommen wil.«

Reymund antwortet ihm / und sprach: »Herr es mag nicht geseyn / daß ir jetzt vernemend / wer oder von wannen sie sey / oder was ir wesen sey / laßt euch begnůgen / daß ir sie in irem Stand und gestalt sehen mǒget.« Der Graff antwortet im / und sprach: »Mich verwundert nicht klein lieber Ohem / daß du ein Weib genommen hast / und nicht wissen magst wer sie sey / noch irer Freund kein kundschafft hast.« Reymund sprach: »Herr in der warheit / sie ist also wol gestalt / und mit geberden / mit schǒne / und lǒblichen sitten geziert / als ob sie eines Kǒnigs Tochter wer / kein schǒner Weib ward nie gesehen / ich hab auch nicht gefraget / ob sie eines Hertzogen oder Marggraffen Tochter sey / sie ist gantz nach meinem gefallen / und ich wil sie auch haben.« Da der Graff diese wort erhǒret / da gedacht er im / daß der Marckt[60] mehr denn halber beschlagen und gemacht wer / und ließ fůrbaß sein fragen underwegen[61] / und sagt: »Ich wil dir je selbs kommen / und mit mir meine Fraw und Mutter / und der meinen viel mit uns.« Deß dancket ihm Reymund mit fleiß. Am Montag darnach / am Morgen frůhe / machet sich der Graff auff mit seiner Frauwen und Mutter / und mit allem seinem Hofgesind / auch mit andern der seinen /

59. einen falschen Weg einschlägst. – 60. sprichwörtlich; ›daß der Handel bereits beschlossen wäre‹. – 61. unterließ.

dem genannten seinem Ohem zu Ehren / mit Rittern und Knechten / unnd besorget doch etwas / daß er und die seinen bey dem vorgenannten Durstbrunnen nicht vollkômmenliche Herberge môchten haben / doch schweig er / und fraget nicht fürbaß / es was aber ein thôrichte sorg / als ihr hernach hôren werdet. Sie schieden von Potiers / und ritten gegen dem Wald zu / auff Columpier durch das Dôrfflein / unnd den Wald gegen den Felsen / da sahen sie under den Felsen in den Bâumen / auff dem grûnen Boden / gar viel schôner Gezelt auffgericht / und bey dem Durstbrunnen / und auch allenthalben dem Walde / gar ein grossen Rauch auffgehen / und viel Volcks dabey wandeln / unnd sahen Backôfen / Kûchen / Kôch / und viel Volcks ohn alle zal. Sie gedachten alle / diß mag wol nun ein Gespenst seyn. In dem da ritten dorther gegen inen wol bey sechtzig Ritter / jung und gerad stoltze Mânner / auch wol beritten / und darzu wol gewapnet / und empfiengen den Graffen und die Grâffin Tugentlich / und gar fast Ehrlich / und verfûgten sich zu Reymund irem Herren / und theten ihm besondere Ehr fûr andern Gâsten / die da waren / und grûßten sie / und empfiengen menniglich / Jung und Alt / jederman nach seinem Stande / und zu gleicher weiß / als ob sie alle ir Tag bey in gewesen weren.

Das XI. Cap.

Wie der Graff Bertram und die Grâffin sein Mutter / von Reymund / Melusina / und ihrem Volck / gar Ehrlich empfangen wurden.

DA dancketen sie von Melusina wegen dem Graffen / unnd sprachen zu ihm: »Unsere Frauwe Melusina hat uns gar fast befohlen / daß wir euch gute Herberge sollen geben.« Der Graff antwort ihn herwiderumb / und sprach: »Ich sihe ein gute ordnung.« Und also gabe man ihm fast gute Herberg in schônen Gezelten / sein Pferde wurden wol gestellet / und hetten Baren und Rauffen / die schon in den Gezelten gemacht waren. Es kamen auch gar viel schôner Frauwen und Jungfrauwen / die die Gråffin und alle die ihren auch schon lieblich empfiengen. Sie verwundert sich auch der Adelichen bereitschafft / die sie sahen / daß sie sich nimmer versehen hetten / keiner kôstlichen zurichtung an einem so seltzamen ende. Reymund zohe mit dem Graffen in sein Herberg / in dem ward die Capell gar reichlich und mit kôstlichen Kleinoten auß dermassen wol zugericht. Man leutet darnach alsbald zu der Predigt / und Melusinam die Braut fůhret man zu der Capellen / die was nu gar schôn und Adelich gezieret / unnd gleichet sich baß einem schônen Engel / denn einem tôdtlichen Menschen. Und dabey auch unseglich kôstlich und wol zugericht mit Kleidern / Kleinotern und allen Sachen. Und also gieng ihr der Graff von Potiers entgegen / und empfieng sie nach allen Ehren schôn und wol. Deßgleichen die schôn Jungfrauw Melusina / empfieng in mit scham und lôblicher Geberde / und gieng also zu der Capell mit mancherley Gedôn / von sůssen Seytenspiel / Pfeiffen und Posaunen / unnd Flôhten / deß dazumal gar viel was / und auß dermassen kôstlich und reichlich zugericht / daß alle die / die mit dem Graffen darkommen waren / sprachen: »Das ist ein unseglich schôn Hochzeit / dergleichen wir alle nie gesehen noch vernommen haben.« Und was auch nicht ein wunder / ob sie diese Hochzeit etwan frembde daucht / denn an solchem ende also kôstliche Hochzeit gar ungewôhnlich seind zu haben.

Das XII. Cap.

Wie Melusina und Reymund zusammen bey der Capell von dem Bischoff mit einander vermehlet wurden.

SIe wurden bey der Capellen nach der Predigt lôblich zusammen vermehlet / unnd der Graff fůhret die Braut von der Capellen gen dem Gezelt zu der einen seyten / und ein Fůrst oder Herr / auß derselben Gegend / zu der andern seyten. Da sie nun alle in das Gezelt kamen / unnd man Wasser auff die Hånde nam[62] / Da ward die Braut zu Tisch gesetzet / und mit ihr der Graff / darnach die Gråffin / und darnach ein måchtiger Herr auß demselbigen Land / der

auch zu Ehren und Wirdigkeit dar zu der Braut gesetzt ward. Graff Bertram / und alle die seinen / die sahen ein solche gute ordnung / daß sie eygentlich meinten acht haben / wie doch die Hochzeit nur außgericht solt werden / Daß sie sich auch ein ander mal darnach gerichten möchten.

Das XIII. Cap.

Wie man zu Tisch saß / und Reymund dienet selber zu Tisch / und auch andere Ritter.

ES dienet Reymund selbs zu Tisch / mit seinen Rittern zůchtig / unnd nach Adelichen sitten / unnd die Edlen / unnd

62. Vor dem Mahl wird den Gästen von Bedienten Wasser aus einem Becken über die Hände gegossen.

auch die andern Dienstleut / die trugen die Speiß und den Tranck zu den Tischen. Und was unseglich viel Kost bereit worden / unnd zugericht auff das aller künstlichest / als man kundt erdencken / und der viel. Und besonder was auch da viel und mancherley Wein / unnd fast köstlich / von Dames[63] und von Rottschelle[64] / unnd von Tomars[65] / Byane[66] / Claret[67] / Roßmarin[68] unnd Ipocras[69] / Wein von Tornis[70] / unnd von Teutschen Landen / auch sonst von manchen enden. In allen Gezelten was Wein und Kost ubrig gnug. Und was der Wein auß dermassen herrlich gut / und die Kost wol und reichlich bereit / Nach dem Imbiß / da man nun gessen und getruncken hett / unnd jederman frölich was / da hub sich ein schönes Gestech / und kamen auff die Ban / Freund und Gäst / von beyder Parthey / deß Graffen von Potiers / unnd der Melusina / und waren gar reichlich mit köstlichen Kleinotern gezieret. Die schonen Frawen hetten ihr auffsehen auff sie / denn da ward gar Ritterlich unnd fast wol gestochen.

Das XIIII. Cap.

Wie auff der Hochzeit gestochen warde / besonder Reymund.

REymund der stach insonderheit Ritterlich unnd wol / das währet biß zu Abend / da beleget man die Tisch / und assen zu Nacht / und mit viel kürtzweil ward das Nachtmal vertrieben / deßgleichen mit hübschen schönen worten / die man vor nie mehr gehöret hett. Zu letzt da sie dauchte / daß zeit wer / da kame der Melusinen Volck / und hiessen die Braut besonder kommen / und führten die in ir Gezelt / dasselbige

63. Couldrette: Vins d'Amiens (v. 1157). – 64. La Rochelle, Hauptstadt im Dép. Charente-Maritime, an der Küste des Poitou. – 65. Couldrette: Thouars (v. 1159), Dép. Deux-Sèvres. – 66. Couldrette: Beaune (v. 1159), in Burgund, Dép. Côte-d'Or. – 67. Couldrette: Claré (v. 1161), ›Clarettwein‹. – 68. Couldrette: rommenie (v. 1161). – 69. Couldrette: ypocras (v. 1161), Hipokras, ein würziger Süßwein. – 70. Couldrette: Tournus (v. 1163), Tournus in Burgund, nördlich von Mâcon (Dép. Saône-et-Loire).

von Seyden kôstlich / unnd auß dermassen reichlich mit mancherley Vôgelen was gestricket / und ir Beth was auch reichlich zugerůstet und bereitet / und mit Lilien wol bedecket / daran legt man die Braut. Reymund kam auch / unnd legt

sich zu ir. Am letzten / da kame ein Bischoff / der sie an dem Beth gesegnet / und schône Gebet uber sie thet. Da nam urlaub der Graffe und die Grâffin / und schieden dannen von ihn / unnd menniglich suchet seine Herberg / denn es eben spat was. Und blieben auch etlich wachend die lange Nacht / Tantzten unnd Sprungen. Etliche blieben auch wachend / unnd sungen gar schône Lieder und Gedicht / es wer von Hofliedern oder anderm Gesang.

Das XV. Cap.

Wie Reymund Melusina gelobt / sich an ir trewlich zu verhalten.

WIe Melusina und Reymund zu einander wurden gelegt / laß ich jetzt alles stehen / denn es ist oben vor diesem Capitel begriffen / Und sag euch hie / wie sie ein wesen mit einander hetten. Sie hube an und sprach zu im: »Lieber Freund und Gemahel / Glůck hat uns zusammen gefůgt / in massen / daß wir nun Ehelich seyn / unnd sollen seyn und bleiben / biß an unser ende / und ich stehe in deinem willen unnd gebott / doch also / daß du mir auch haltest / was du mir in trewen gelobet und geschworen hast / denn ich weiß auch wol / da du kamest / zu dem Graffen von Potiers / deinem lieben Herren und Vettern / und du in batest / zu kommen / und ihn auch also ludest zu deiner Hochzeit / mit seinen Herrn / Rittern und Knechten / und ihm sagtest / daß du mich zu einem Weib hettest genommen / da fraget er / wer oder von wannen / oder von was Geschlecht ich were / Aber du gabest im gar ein gute antwort / aber darumb so wiß / unnd hab keinen zweiffel daran / denn ob du mir das heltest / das du mir gelobet / versprochen / und geschworen hast / daß dir denn auch gutes glůck / Ehren und selden nimmer gebrist noch auch gebresten sol / Sondern / daß du als ein glůckhafftiger seliger Mann werden solst / und auch fast mehr denn keiner deines Geschlechts und Vordern je warde / ubersihest du dein Gelůbd / Eyd und Ehr / so wirstu gar grosse noht unnd Arbeit leiden / unnd kummer gewinnen / und also umb dein Land unnd Leut deß mehrern theils kommen / und mich darzu verlieren / und nicht wider finden / noch mein warten.« Reymund gelobt ir in ir Handt / und schwur ir aber thewer und hoch / daß er sein Gelůbd und auch Eyd an ir stett halten wolt / und darwider nimmer thun / Also sprach sie aber: »Lieber Reymund / ob du das thust / so bistu zu einer guten stund geboren worden.« Und daß ich nun dise Matery zum kůrtzten mache / so lebten die zwey so freundlich mit einander / daß Melusina in derselbigen Nacht eines Sohns schwanger ward / derselbige ward genant Uriens / der kam auch zu grossen Ehren / als ihr hernach hören werdet. Diese Hochzeit währet fünfftzehen Tag / unnd lebeten in grossen freuden und kurtzweil. Und nach den fünfftzehen Tagen / da begabt Melusina die Frauwen / die auff ihr Hochzeit waren kommen / nemlich die Gräffin / und alle die Frauwen / die mit ihr darkommen waren / gar reichlich / daß menniglich sprach: »Ach Gott was mage dieses Wunder seyn / Reymund ist gar glücklich zu ihr kommen.« Zu letzt / da man nun von dannen scheiden wolt / da thet Melusina auff ein Helffenbeinen[71] Schrein / darinn zumal gar köstlich unnd schöne Kleinot waren / unnd gab darauß der Gräffin ein köstliches Kleinot unnd Berlen / von Gold unnd Edlemgestein gemacht / deßgleichen vor nie mehr gesehen ward.

Das XVI. Cap.

Wie der Graffe Bertram / und die alte Gräffin seine Mutter / und auch alle Gäst urlaub namen / und von dannen schieden / wider heimwarts zu.

DEr Graffe Bertram / unnd auch die seinen / schieden also von dannen / gar zumal ehrlich / und namen vor urlaub von Melusina / unnd sie schieden also von dannen. Da beleitet sie Reymund biß für den Wald / mit viel ehrlichen Leuten / die mit im ritten. Nu hett der vorgenannt Graff Bertram den Reymund seinen Vettern gar auß dermassen gern gefraget / wer Melusina / oder von wannen sie gewesen were / da besorget er / den Reymunden daran zu erzürnen / und ließ es auch anstehen / und sagt im gar nichts darvon. Und dancket im Reymund und auch der Gräffin fast der Ehren / die sie im gethan hetten / und daß sie also zu seiner Hochzeit kommen weren. Und schieden von einander. Da nun diese

71. aus Elfenbein.

frembde unnd Abenthewerliche Hochzeit ein end nam / aller erst / da erhub sich das groß Wunder und Abenthewer / als ihr nun hernach hören werdet. Unnd ward ein solches Gebåw angefangen / deßgleichen vor und hernach nie mal mehr gesehen / oder erhöret / noch vernommen ist worden / noch immer wirdt. Reymund kam widerumb zu der Melusina / kůsset die Lieblich / unnd sprach: »Allerliebstes Gemahel / wie wöllen wir nun fůrbaß unsere zeit vertreiben.« Die Melusina antwort im / und sprach: »Ich hoffe daß uns GOTt sol versehen / mit allem dem / was wir denn bedörffen.« In acht Tagen kamen irer Werckleut / mancherley Handwercker / die fiengen an / und fellten das Holtz aller hernider / das innerhalb den Pfelen mit dem Hirschriemen was begriffen / und sie schlugen das zu kleinen trůmmern / außgenommen das / das denn zu Bauwholtz gut was / unnd machten umb den holen Felß gar fast tieffe Gråben / und richtet diß alles Melusina auß / unnd bezahlet ire Werckleut alle Tag mit bereitem Gelt / darumb sie auch dester williger waren / ihr Werck zu vollbringen. Sie machten gar ein tieffes unnd darzu ein starckes Fundament / unnd setzten die ersten Gesatz[72] auff den harten Felß. In kurtzer zeit hetten sie gar großmåchtige Thůrn / unnd darbey gar auß dermassen ein hohe starcke Ringmauwer gesetzet / und machten zwey gar gute und feste starcke Schloß / umb das underst Schloß machet man gar einen guten unnd hohen Zwinger / der fast gut und starck war. Da nun die Landsleut sahen / daß ein unsegliches groß unnd starckes Werck an dem Schloß / unnd so gar in kurtzer zeit gantz unnd gar vollbracht war worden / deß kundten sie sich nicht verwundern. Als nun das Schloß zu aller wehr starck / unnd fest zugericht ward / da nennet es Melusina irem Tauffnamen nach / ehnlich / und sprach: »Diß Schloß sol und muß Lusinien geheissen und genennet werden.« Denselben namen noch heut bey Tag gar viel Volcks in Franckreich in ir Losung und geschrey / das sie in Streiten und in Kriegen gebrauchen / und auch besonder die König von Cypern noch zu zeiten ir

72. Schichten (der Grundmauern).

geschrey und Losung haben Lusinien / von etlicher sach wegen / als ihr hernach hören werdt. Da nu das Schloß mit Thürnen / Ringmauwren / Zwingern und Gräben außbereitet ward / und auß dermassen starck gemacht / und mennig-lich sich da verwunderten deß grossen Gebäuws und Wercks / da nahet die zeit / daß Melusina eines Kinds solte niderkommen und genesen. Da gebar sie einen Sohn / den nennet sie Uriens / der darnach zu grossen Ehren kam / als ihr hernach werdet hören. Doch was sein Angesicht nicht schön / sondern einer seltzamen form unnd gestalt / denn er war gar kurtz und breyt / und flach under den Augen / und was im das ein Aug roth / und das ander grün. Er hett auch einen grossen weyten Mund / und lang hangend Ohren / Aber von Leib und Beinen / von Arm und Füssen / und aller Geschöpff / was er gar gerad / unnd wolgeschickt / und Adelich gestalt. Darnach ließ sie das Schloß mit aller Eyngebäw[73] außbereiten / die Gänge / die Ercker / und alles under ein Tach zusammen ziehen / und besetzt das mit Leuten / Speiß und Gezeug / in massen daß es nicht zu gewinnen noch zu stürmen war / denn die Gräben die waren gar unsäglich tieff / und die Mauwren und Thürn hoch und auch starck / und die Thor waren mit uberschützen[74] / unnd mit einem starcken Schloßthurn gemacht / unnd hieß Heydnische Speher dareyn legen / die deß Thurns und Schloß Tagwächter waren / und die zukommenden Gäst verkündeten. Melusina gebar desselbigen Jars einen Son / der ward genannt Gedes / der hett ein inbrünstige Röte unter seinem Angesicht / die so gar rot war / daß sie herwider schein / doch war er sonst zumal schöne / unnd von Leib wol geschickt. Darnach bauwet sie aber ein gewaltiges Herrliches Schloß / genannt Favend[75] / Darnach den Thurn Mavent[76] / Darnach Mevent[77]. Da diß alles vollbracht ward / da bauwet sie auß andacht /

73. innere Gebäude. – 74. Dächer, die weit über die Tormauern herausragen. – 75. Couldrette: Vauvent (v. 1359), Vouvent, nördlich Fontenay-le-Comte, in der Vendée, westliches Poitou (vgl. Flutre, s. Literaturhinweise S. 151). – 76. Couldrette: Mervant (v. 1359), Mervant, nahe Fontenay-le-Comte, in der Vendée (vgl. Flutre). – 77. Couldrette: Saint Maxant (v. 1360), Saint Maixent, westl. Lusignan im Poitou (vgl. Flutre).

der Mutter Gottes zu Ehren / ein schönes Kloster / das nennet sie Malliers[78]. Zu letzt bauwet sie das Schloß unnd die Statt Portenach genannt.

Das XVII. Cap.

Wie Melusina drey Sön nach einander gebar / in dreyen jaren / die alle drey ungestallt waren unter dem Angesicht / und sonst von Leib gantz vollkommen.

NAch dem / als nun die obgeschriebenen ding geschahen / gebar sie einen Son / der war gar schön / außgenommen / daß ihm das eine Aug umb ein kleines höher stunde denn das ander / derselbe hieß Gyot / Desselbigen Jars bauwet Melusina ein Schloß / genannt Larotschelle[79] / unnd darnach zu Saintes[80] machet sie gar ein schöne Brück. Darnach gebar sie einen Son / genannt Anthoni / der bracht an die Welt ein Löwengriff[81] an seinem Backen. Dieser Sohn war auch rauch von Haar / unnd hette gar lange unnd scharpffe Negel an seinen Fingern. Er war so grausam / wer ihn sahe / der mußt ihn förchten. Auch vollbracht er darnach zu Lützelburg[82] grosse Sachen und Thaten an demselben end. Und er zohe der vorgenannten Frawen ihre Kinder schön und lieblich / biß daß sie erwuchsen. Und da es nun Gott wolt fürbaß fügen / da gewann sie aber einen Son / derselbige hette nicht mehr denn ein Aug / das stunde ihm in der mitte seiner Stirn / und ward genannt Reinhart / doch sahe er viel mehr mit einem Auge / denn hette er zwey gehabt. Unnd da er erwuchß / da vollbracht er grosse Thaten / als ihr hernach hören werdet. Darnach da bracht sie aber ein Sohn / der ward genannt Goffroy mit dem Zan / Derselbe hatte ein

78. Abtei von Maillezais, südlich von Fontenay-le-Comte, im westlichen Poitou. – 79. La Rochelle. – 80. Stadt im Dép. Charente-Maritime, südwestliches Poitou, an der Charente. – 81. hier: Muttermal, das dem Abdruck einer Löwentatze ähnlich sieht. – 82. ehemaliger deutscher Name für Luxemburg; Couldrette: Luchembourc (v. 1395).

Zan / der ihm als ein Eberzan ferrn auß dem Munde gieng. Es war auß dermassen ein starcker Mann / unnd wolmůgendt[83] seines Leibs / und frembder wunderbarlicher unnd wilder Sinn hette er viel / und noch viel mehr / denn keiner seiner Brůder hette gehabt / als ihr hernach wol hŏren werdet / denn er das Kloster zu Malliers / das sein Mutter Melusina kŏstlich und wol erbauwet hette / verbrennt zu Aschen / unnd darzu hundert Můnch / unnd sein leiblichen Bruder auch darinnen / Dardurch sein Vatter Reymundt so grimmig und auch also zornig ward / daß er gegen Melusina seinem Gemahel mit Worten verschuldet / daß er umb sein schŏne Frawen und liebstes Gemahel kam / und sein Standt und Wesen darmit hingienge / und alles sein zeitliches Glůck ein ende nam / als ihr hernach hŏren werdet. Melusina gebar den sibenden Sohn / genannt Freymund / der war von Leib unnd Gestallt gar schŏn / aber er hette auff der Nasen ein Hårigen Fleck / der war gleich als ob er von Wolffshaut und Haaren wer. Derselbe Son war gar weiß und vernůnfftig / Er verdarb aber also jung / als ihr hernach auch wol hŏren werdet. Nicht lang darnach gebar sie den achten Son / derselbige hette drey Augen / deren ihm eins an der Stirn stund / unnd der ward Horibel geheissen. Dieser ward bŏser Sitten / alles sein Gemůt unnd Hertz stunde nur auff arges. Darnach gebar sie aber ein Son / genannt Dieterich / der gar ein thewrer Ritter ward. Zu letzt gewan sie den zehenden Sohn / den nennet sie Reymund / der ward Graff im Forst. Nun laß ich das alles stehen / und komme wider an den ersten und åltesten / Uriens genannt / Derselbe war nun erwachsen / unnd Mannlich gestallt worden / unnd stund ihm sein Hertz unnd Gemůt / und all sein Begierdt / nach hohen Ehren / mit Kriegen zu erwerben. Er nam ein Meerschiff zu Larotschell / unnd ließ ihm das nach aller notturfft zurichten / dasselbige ward darnach genannt ein Galleen[84] / und bestellet zu seiner Fahrt viel Volcks / besonder die besten auß seiner Frauwen und Mutter Land. Nun begeret sein jůnger Bruder / Gyot genannt / auch mit ihm zu fahren / wiewol er

83. kräftig. – 84. Galeere (Ruderschiff).

jůnger war denn sein Bruder Uriens / doch wolt ihn Uriens lieber haben / unnd mit ihm außfůhren / denn kein andern seiner Brůder. Melusina vernam ihren Fůrsatz ehrlich zu seyn / unnd freuwet sich ihres fůrnemmens / und hatte hoffnung / daß es in glůcklich und nach ehren sol ergehen / und begabet sie mit Gold unnd Silber gar reichlich / Sie schifften also von Land / unnd wurffen ihren Segel mit freuden auff. Und darnach gar in kurtzen zeiten / da kamen sie zu Land in dem Kőnigreich zu Cypern.

Das XVIII. Cap.

Wie Uriens unnd sein Bruder Gyot uber Meer kamen / und gen Cypern in das Kőnigreich / unnd mit den Heyden stritten / und der gar viel ernider legten.

SIe funden daselbst gar Ritterliche Abentheuwer / denn der Kőnig von Cypern / in seiner Statt Famagusta / von dem māchtigen Heydnischen Kőnige Soldan mehr denn mit hundert tausendt Heyden belegert war. Nun war also ein grosser Hunger in der vorgenannten Statt Famagusta / daß sich der Kônig selbst / noch jemandt / anders versehen môchte / denn daß sie den Heyden unterthenig / unnd von dem Christlichen Glauben gedrenget mûßten werden / das doch ein grosser jammer und elendt gewesen were. Da war darvor die krafft Gottes / der doch die seinen in keinen nôten verlassen wil. Uriens der vernam die Mâhr[85] gar bald / und richtet sich gegen der Statt hin / genannt Famagusta / unnd warff da sein Panier auff / das denn von Seyden gar reichlich und kôstlich gemacht war. Die Heyden die wurden der Gâst zukunfft[86] gewar / und deßgleichen vernamen die / so in der Statt waren / daß ein frembdes Volck kâme / die kundten dennoch nit wissen / ob es Christen oder Heyden weren.

Da aber der Soldan mit seinem Volck der Christen so Mannliche unnd Ritterliche zukunfft von den Schiffen an das Land zu kommen befande / da begundt er sein Volck zusammen sammlen / da meynet der Kônig von Cypern / die Heyden wolten ein Flucht nemmen von der Christen zukunfft wegen / der hieß die in der Statt sich zu dem Streit bereiten / unnd warff sein Panier auff / unnd hieß die Trommeter frôlich blasen / und die Thor entschliessen / und er zog hin gegen den Heyden / unnd ließ die schône Herminam seine Tochter in der Statt / da erhube sich gar ein feindtlicher Streit / denn die Heyden / als vor stehet / mit grosser macht da lagen / und wurden gar viel frommer Christen erschlagen / und sehr verwundt / besonder war der Kônig von Cypern leyder von einem Heyden mit einem vergifften Geschoß sehr verwundet / in massen / daß er befande nicht mit dem Leben darvon zu kommen / und musten von stârcke unnd grossem trucken[87] der Heyden die Cypern wider mit gewehrter Hand abziehen / das doch nit on grossen schaden ergieng. Grosse klag erhub sich von der todten unnd verwundten wegen. Die vorgenannte Hermina / deß Kôniges Tochter / die vollbrachte grosse klag unnd jammer ohn zahl

85. Rede, Nachricht. – 86. Ankunft. – 87. hier: Gegendruck.

umb iren lieben Vatter und Herrn / denn sie von Artzten unnd auch sonst wol verstunde / daß seins Lebens nicht mehr mocht geseyn sondern daß er sterben / und von dieser Welt scheiden můste / und der Wunden nicht auffkommen möcht. Nun lassen wir diese Matery deß Kőnigs und seiner Tochter bleiben und anstehen / und sagen fůrbaß von Uriens dem edlen und thewren Mann / Der kam mit seinem Bruder Gyot / und mit ihrem Volck / und griffen die Heyden an mit wehrlicher Hand / unnd besonder Uriens ubet unnd vollbracht da grosse Mannheit / denn er also viel Heyden erschlug unnd verwundet mit seiner Hand / daß sie grossen schrecken darvon empfiengen. Sein Bruder Gyot sparet sich auch nicht / denn er gar Mannlich stritte / unnd auch viel der Heyden erschlug und verwundet. Also nach gar viel arbeiten / da begundten die Heyden einen andern Platz zu streiten suchen / den funden sie gar bald / unnd fiengen auff beyden Seiten an mit einander widerumb zu streiten / also sehr / daß es wunder war / daß sie es alles vollbringen mochten.

Das XIX. Cap.

Wie Uriens unnd Gyot den Kőnig Soldan / in dem Låger vor der grossen Statt Famagusta genannt / in Cypern gelegen / im streit erschlugen.

NUN stritte auch Ritterlich der Soldan von Babylon / der måchtige unnd Heydnische Kőnig / unnd bracht einen Christen Mann umb / das ersahe Uriens / der drange so gewaltig auff ihn / und gab ihm gar einen harten schlag mit seinem guten schwerdt / daß er ihm sein Haupt biß auff die Zeen zerspielte[88]. Da fiel der Heydnische Kőnig darnider / und starb also auff dem Sand. Da das die Heyden ersahen / erschracken sie zumal sehr / unnd gaben die Flucht. Aber Uriens und sein Bruder Gyot eyleten in gar starck nach / und tődten und erschlugen der Heyden ohn zahl unnd alle

88. zerspaltete.

erbarmung gar unseglich viel. Da nu der streit zergangen war / da herbergten Uriens und sein Bruder Gyot / auch all ir Volck / in die Gezellt der Heyden / und hetten da ihr ruhe nach grosser arbeit / die sie denn da mit fechten verbracht und gethan hatten.

Nun entbotte der Kônig von Cypern Uriens durch ein gewaltigen und mâchtigen Landtsherrn / und durch etliche seine Râhte / daß er hierauff zu im kommen wolt / in die Statt / unnd an seinen Hof / unnd nicht in argem verstehen wolte / daß er nicht selbst zu ihm kâme / denn er gar sehr verwundet / und sein Leib in grosser Kranckheit were. Uriens antwortet und sprach zu dem Botten: »Ich wil gern zu ihm kommen / und sein Wort vernemmen.« Uriens und Gyot die kamen von stundan in deß Kôniges Hof. Da ward Uriens von dem Cyprischen Volck gar sehr angesehen / von der frembde wegen seines Angesichts / unnd sprach jedermann / Kein so seltzames noch frembdes Angesicht haben wir nie mehr gesehen / und gesegneten sich vor wunder / und sprachen: »Er hat wol die gestallt viel Land und Leut zu uberkommen und gewinnen.« Sie kamen in deß Kônigs Palast / unnd funden den Kônig an einem Bett ligen / groß geschwollen und ohnmâchtig von der Wunden deß vergifften Geschoß. Da grûßt Uriens den Kônig gar zûchtiglich / und klaget ihn sehr umb seine Kranckheit. Der Kônig sprach: »Lieber Freundt / du hast gar Adelich gethan / unnd mit deiner Ritterlichen Hand grosse Ehr erjaget / und mir / und der gantzen Christenheit gedienet / in massen / daß du Preiß / Lob unnd Ehr haben solt / durch alle Welt / unnd deine Nachkommen durch dich gepreißt / und wol gehalten sollen werden / Doch eins beger ich von dir zu wissen / wer oder von wannen du Lands / oder auch wie du genannt seyest.« Antwort Uriens: »Herr / Uriens bin ich genannt / von Lusinien geboren / unnd verhehle meinen Namen nicht.« Der Kônig antwortet / und sprach: »Von deinem Geschlecht habe ich viel vernommen / und achte / daß du meines willens seyest / und mir zu gefallen thun wôllest / darumb ich dich bitte / so wil ich dir Ehr und Gut viel zufûgen. Besonder so ist meine Tochter Hermina ein einiges Kind / unnd fellet mein Reich nun bald an sie / denn meines Lebens nit mehr ist / denn ich bin von einem vergifften Geschoß also hart verwundet / daß ich mit dem Leben nicht darvon komme / und ich werde bald end geben / und nit lang fůrbaß leben / und bedarff mein Reich mit einem kůnen Ritter versehen werden / denn es den Heyden gar nahe gelegen ist / darumb bitte und begere ich an dich / daß du meine Tochter und mein Reich zusammen nemmest / denn ich auff diese zeit kein so thewren Ritter nicht weyß / als dich / mit dem mein Tochter unnd mein Volck baß versorget were / denn mit dir.« Uriens der erschrack vor freuden / und antwort ihm doch gar weißlich / unnd dancket dem Kônig der grossen Ehren / die er ihm also unverdienet thet / denn er bekennt sich einer so hoch gebornen Adelichen unnd schônen Jungfrauwen an geburt / an Leib unnd am Gut / ungemeß seyn / doch ob sein Gnad solches ohn schimpff in ernst vermeynen wolt / so wolt er seinen Gnaden gehorsam seyn / und die schône Jungfrauwen nemmen / die nun in grosser betrůbnuß war / von ihres Herrn und Vatters / deß Kôniges Kranckheit wegen. Der Kônig war der antwort von Uriens gar von Hertzen fro / und sprach: »Nun lobe ich GOtt von Himmel / daß ich noch vor meinem ende / meine Tochter unnd mein Reich nach meinem gefallen versorgen mag / unnd gebott zu stund / daß man alle Diener / unnd auch die Tochter hieß kommen / und sprach eylendts zu ihnen: »Sehet / ich habe mein Reich mit gewehrlicher Hand gegen den Heyden bißher beschirmet / aber ich bin nun in massen verwundet worden / von einem vergifften Geschoß / daß ich empfinde / daß mein Leben gar bald sol unnd muß ein ende haben / nun seyt ihr eines thewren Ritters zu einem Herrn fast notturfftig / wenn ir den Unglaubigen / besonder den Heyden gar wol gelegen seyt / und fellet mein Reich auff keine / denn auff mein Tochter Herminam / nun bitte ich euch aber unnd begere / daß ihr meine Tochter empfahen / unnd ihr euwer Lehen bekennen / unnd ihr huldet unnd schweret / als euwer Frauwen.« Das theten sie bald / und wiewol sie von deß Königes Kranckheit sehr betrübet waren. Da nun aber das geschahe / da sprach der König aber: »Sehet / nun ist es nicht müglich / daß eine Fraw ein solches Königreich möge beschirmen / so weyß ich auch diese stunde keinen so theuwren Ritter / als Uriens von Lusinien ist / der uns von der Heyden freffel mit seiner Ritterlichen Hand erlöset hat / und den Soldan / der so mächtig war / unnd sein Volck mit ihm erschlagen hat / darumb ich gedacht habe / ihm mein Tochter unnd einiges Kind Herminam zu vermählen / und ihm das Reich angehendes zu zu fügen / Darumb so bitte ich euch durch alle der trew willen / die ich euch je bewiesen habe / daß ihr ihn bitten wöllet / daß er sich meiner Tochter unnd meines Königreichs underwinden wölle / ich hoffe aber / daß ihr denn mit der hülffe Gottes vor den Heyden / dieweil ihr lebt / wol genesen möchtet.« Die Landts Herren theten das gar gern / und mit grosser begierd baten sie Uriens / daß er sich mit der schönen Jungfrauwen Hermina vermählen ließ / so wolten sie ihm von stundt an schweren / unnd ihn zu einem König lassen krönen. Uriens antwort unnd sprach: Daß er dem König und ihnen gern thun wolt / nach ihrem willen. Das sagten sie nun dem König gar bald: Der König besendet Uriens / und sprach zu ihm vor allen den seinen: »Nun höre lieber Uriens / deines Guts begere noch wil ich gantz und gar nicht / sondern ich wil dir noch viel mehr darzu geben / meine Tochter Herminam / meine liebe unnd einige Tochter / auch mein gantz Königreich zu einer Haußstewer[89].« Deß erfreuwet sich alles Volck von Cypern / denn ihn Uriens wol gefiel. Uriens antwort unnd sprach zum König: »Gnädiger Herr / Gott der Herr dancke euch / unnd wer euwers Lebens mehr zu hoffen / wolt ich diese Gabe nicht von euch empfahen / noch nemmen.« Zu stundt wurden sie zusammen vermählet / in Angesicht deß Königs nach der Predigt / die daselbst gethan ward.

89. Beigabe des Brautvaters bei Gründung eines ehelichen Haushaltes.

Das XX. Cap.

Wie Uriens unnd deß Königs Tochter von Cypern / Hermina genannt / zusammen vermählet wurden. Und wie der König darnach bald starb.

ALs bald der König von Cypern das heylige Hochwirdige Sacrament von dem Priester empfangen hett / da verschiede er / und gab die Seel auff. Da ward die Hochzeit schlechtiglich / und zum theil mit Leyd und mit jammer begangen / unnd der König ward gar herrlich bestattet / aber das Tantzen und Seytenspiel ward da vermitten[90] / sonst ward die Hochzeit ehrlich unnd herrlich gnug gehalten / nach gestallt der Sachen. Da nun der Tag vergienge / und Nacht ward / da legte man die schöne Jungfraw Herminam nider / unnd auch zu ihr den Uriens / ihren lieben Gemahel / die so lieblich dieselbige Nacht mit einander lebten / Da nun Hermina schwanger ward eines Sons / der warde genannt Greiff / Dieser Greiff war so Mannlich und auch so kůn / daß er in einem Land / Premie[91] genannt / gar viel Lands unnd Leut / unnd grosse Herrschafft gewanne. Den Palast zu Colars[92] / die fast starck war / gewann er. Unnd die Insel in dem Meer / da der grosse Schatz war / und der gůlden Wider / das Jason vor genannt gewunnen hett durch Medeam / diß alles gewann er auch / als ihr denn hernach wol hören werdet. Auch gewanne er das Fůrstenthumb Morenlandt / darnach die Statt / genannt Tappe[93] / die fast gut war / die gewanne er mit Sturmkrafft / und er stackte da sein Paner auff.

Nun lassen wir das alles umb der kůrtze willen bleiben / unnd kommen wider an Uriens / der ward nun löblich unnd auch ehrlich zum Könige in Cypern gekrönet. Nun war der

90. unterlassen. – 91. Couldrette: en paiennie (v. 1733), ›im Heidenland‹, von Thüring von Ringoltingen als Ländername aufgefaßt. – 92. Couldrette: Colcos (v. 1735), ›Kolchis‹; wohl Verwechslung mit der Insel Colcos vor der Küste Kleinasiens. – 93. Couldrette: Jaffe (v. 1757), Jaffa in Palästina.

König von Armenia seines Gemahels Hermine rechter Vetter / denn er deß Königes von Cypern / der darvor nechst mit todt abgangen war / ihres Vatters unnd Schwehers rechter Bruder gewesen war / Nun derselbige König ward sehr kranck / unnd er mußte sich nun scheiden von dieser Welt / und von allen seinen Gütern / da geschahe groß weynen umb ihn. Darnach ward er nach grossen Ehren bestattet / als billich war. Da er nun bestattet war / da hett er gleich auch als sein Bruder ein schöne Tochter / die hieß mit Namen Florie / die war ein einiges Kindt / und noch unversorget unnd versehen mit einem Gemahel / Da giengen die Landsherrn zusammen zu Raht / und betrachteten da / was ihnen zu thun wer / daß sie mit der Tochter eins würden / das sie die Bottschafft zum König von Cypern theten / und liessen ihn bitten / seyd daß die zween nechsten König von Cypern unnd Armenia Brüder weren gewesen / daß er den Gyot seinen Bruder zu ihr schicket / und daß er Florie wölle zu einem Gemahel nemmen / so wolten sie ihm schweren. Deß bedacht sich Uriens mit den seinen / die riehten im alle / er solt seinen Bruder darschicken / und sich deß nicht hinderziehen / Das thet er also / unnd fuhr Gyot gar schnell dahin / und kam gen Armenia / da die schöne Florie war. Da er nun zu Land stieß / da reyt man ihm entgegen / und man empfieng ihn gar schon / unnd krönet ihn zu einem König mit grossen Ehren.

Das XXI. Cap.

Wie Gyot gen Armenien kam / und zu einem König gekrönet ward / und ihm Florie deß Königs Tochter zu gemählet ward mit grossen freuden / unnd nach Ehren / als sichs ziemet.

DIe zwey Königreich von Cypern unnd Armenie stunden also in zweyer Brüder Händen / Und mich bedünckt / daß die zween Brüder in kurtzer zeit in grosse Ehr und Seld gefallen weren / und ir glůck nicht vergessen hette / bey ihn an ihr Tafel zu sitzen. Diese zween Kônige regierten gar gewaltiglich / unnd theten dem Heydnischen Volck starcken widerstandt / und auch grossen schaden / Und kamen auch dem Wirdigen Orden S. Johannis zu Rodiß[94] gar viel zu statten in ihren nôten unnd anligenden kummer. Die vor-

genannten zween Brůder machten viel schôner Sôn / die bey ihrem Leben erwuchsen / und den Heyden grossen schaden unnd abbruch theten / unnd thewre Ritter wurden / unnd nach der Våtter abgang sich fast schôn und wol hielten / und all ir Feindt sehr unter sich druckten.

Diß laß ich nun also bleiben / und kehre wider an ihren Vatter Reymund / unnd an Melusina / ihre Mutter / die Edlen / und die aller Ehren wirdig waren. Reymunden und Melusina seinem Gemahel kamen Bottschafft von beyden ihren Sônen / und verstunden die grossen Selde unnd Ehre /

94. Johanniterorden, seit etwa 1300 bis 1523 auf Rhodos ansässig.

die ihnen widerfahren war / und daß sie großmächtig König gekrönet weren / deß empfiengen sie zumal grosse freude / und theten doch als die Weisen thun / unnd nach grossem verstandt und vernunfft / die in Gott verliehen hette / und bekannten / daß ihn Gott groß glück zugefüget hatt / und daß sie nichts von ihnen selbst theten / unnd daß undanckbarkeit ein Mutter aller Schandt und Laster ist / Darumb danckten sie Gott von Hertzen und Mund / und beteten andächtiglich viel Psalmen auß dem Psalter / und bauwet Melusina ein schöne Kirche / genannt zu unser lieben Frauwen Portenaw / unnd viel ander Kirchen und Capellen / Gott dem Allmächtigen zu Lob und zu Ehre. Und sie verheyraten da ihren Sohn Gedeon / unnd gaben ihm deß Graffen Tochter von der Marck. Aber Reinhart ihr Son / der da nicht mehr denn ein Aug hatte / derselbig ward gar frisch / groß unnd starck / derselbige unnd Anthonius sein Bruder / die schieden sich auch von Lusinien / daß sie nach Ehren unnd nach der Ritterschafft werben wolten / Da zohen sie mit starckem Volck gen Britannien / unnd von dannen gen Lützelburg / dasselbige hette der König von Elsaß inne / mit starcker macht belegen / unnd mit sorg besessen / unnd hett es auch ohn zweiffel uberhaupt gewonnen / wer ihnen nicht hülff zukommen / Der König von Elsaß war von art unnd geburt ein König von Behem[95] / unnd war ein Hertzog in Elsaß zu derselbigen zeit / unnd weil er von Geburt ein König war / hieß man ihn auch den Konig von Elsaß / Wie aber sein Namen hieß / fande ich nicht in der Welschen Histori. Nun wußte aber menniglich wol / daß es alles ein Mutwillen unnd ein Gewalt war / den der König ubet von wegen der Jungfrauwen von Lützelburg / die ein arme Waysin war / unnd weder Hülff noch Trost von niemandt hatte / die war deß Hertzogen verlassene und einige Tochter gewesen / die wolt der König von Elsaß je zum Weib haben / oder aber je das Schlossz mit gewalt gewinnen oder zwingen / Zu stund / da die zween Gebrüder von Lusinien diese Mär verstunden / da sandten sie alsbald ire Absagung dem

95. Böhmen.

genannten Kônige von Elsaß gar ehrlich bey ihrem eignen Herolden / und wurffen ihr Panir auff / unnd zogen gegen dem Låger / da sahen sie gar viel Panier unnd Volcks / mit langen Messern und Helleparten / und machten also die Brůder von Lusinien ire ordnung / und zogen auff ire Feindt mit Ritterlichem mut / und unverzaget / unnd griffen sie mannlich an / Deßgleichen die Elsasser die genannten Herren von Lusinien unter ir Volck / genannt die Porteninger. Hinwiderumb ward der Streitgefecht auß dermassen starck / unnd hielten sich die Porteninger gar Ritterlichen / unnd schryen allwegen »Lusinien« / das war ihr Kreid[96] / und schlugen der Elsåsser / unnd deß Volcks von dem Rhein / gar viel darnider.

Das XXII. Cap.

Wie die Porteninger und die Elsåsser mit einander stritten / und der Kônig von Elsaß ward gefangen / und dardurch ward sein Volck siegloß und flůchtig.

MIt streiten hielten sich die zween Brůder zumal Ritterlich / und theten grosse thaten mit irem Ritterlichen mut / und starckem gefecht / das von in beyden geschahe / Da hube sich ein grosser schrecken von dem Rheinischen Volck / und begundten sehr siegloß zu werden / Aber die Porteninger die begundten sich ires Siegs und Glůcks sehr trôsten / auch sprachen mit ruffen und schreyen einander mannlich zu. Anthoni von Lusinien kam an den Kônig von Elsaß / und fachte mit ihm so starck und Ritterlich / daß der Kônig sich ihm gefangen gab / unnd bot ihm seine Wehr[97] williglich dar / denn so er das nicht baldt gethan hette / unnd sich ihm nicht gefåncklich ergeben hette / so were er vor deß Anthoni Mannlicher und Ritterlicher Hand todt gelegen / also nam ihn Anthonius zu gnaden. Da nun das Volck ihren Herren gefangen vernamen / unnd ihn nicht mehr sehen mochten /

96. Schlachtruf. – 97. Waffe.

da namen sie die flucht / und flohen starck. Die Porteninger eylten inen nach / und also thet in Reinhart grossen schaden / denn er gar starck und mannlich war / und sich wol beschirmen kundt / Da nun die Sach und das nacheylen alles ergangen war / und der Streit ein ende genommen hett / da schickten die zween Brůder den Kőnig von Elsaß iren gefangenen gen Lůtzelburg in die Statt / unnd liessen durch selbß ihre Ritter presentieren unnd antworten / der Hochgebornen Edlen Fůrstin und Jungfrauwen / die deß Fůrstenthumbs unnd der Statt zu Lůtzelburg ein einiges Erbe war.

Das XXIII. Cap.

Wie der gefangene Kőnig von Elsaß / der Hertzogin von Lůtzelburg uberantwortet ward / unnd sie ihn den zweyen Brůdern von Lusinien williglichen schencket.

DA die schőne Jungfraw ein so ehrliche Presentz sahe / und sie ir den Kőnig uberantworten / also gefangen / der ir so manchen grossen kummer unverschuldt zugefůget hette / Da sprach sie zu den Rittern / die ihr den Kőnig antworten: »Lieben Freundt / wer sind die Edelen Herren / die mir armen Waysen so grosse Hůlff und Ehr durch ir trewe Ritterschafft unverdienet gethan haben / unnd mir in meinen schweren nőten / so gar trewlich zu hůlff kommen seynd / und ihren Ritterlichen Orden an mir so freundtlich beweiset haben / und mich armen Waysen von grossem freffel und nőten miltiglich erlőset haben?« Da antwortet ein alter Ritter / und sprach zu ir: »Hochgeborne Fůrstin / und gnådige Jungfrauw / Euch sol ihr Namen und Herkommen wol kundt / und nicht verschwiegen werden / Sie seynd der Kinder von Lusinien auß Franckreich / und zween Gebrůder / und heißt der eine Anthonius / der ander Reinhart / Unnd ist auch ihre Losung und Geschrey in dem Felde / Lusinien.« Die Jungfraw antwort gar zůchtiglich / und sprach: »Ich lobe und dancke Gott dem Allmåchtigen / der grossen Erbårmnuß unnd Gnaden / der mir sie zu trost her gesandt hat. Nun wol hin / seyd daß ich durch sie sieghafft / und meiner Feindt gewaltig bin worden / so wil ich nun fortbaß alle meine Geschåfft und Sachen mit irem willen und raht beschliessen / und was ich habe / und was mir Gott gegeben hat / sol inen gantz unterthånig seyn / und in ihrem willen und gebott williglichen stehen.« Die Jungfraw begeret und schuff / daß sie den beyden Gebrůdern in der Statt gute Herberg und Gemach / mit allem irem Volck / bescheiden solten / ob das geseyn möchte / Oder doch zum wenigsten allen Herren / Rittern unnd Knechten / ob sie nicht allda seyn möchten. Die Ritter kamen zu stund in deß Königes Gezellt / da denn die zween Brůder innen zu Herberg seyn wolten / und sagten inen / wie sie von der Fůrstin so schön empfangen und wol eyngelassen weren / was sie ihnen geantwortet hett. Zu stund schicket die Fůrstin ir treffenliche Bottschafft in die Gezellt / darinnen viel grosses Reichthumbs unnd edler Kleynoter gewonnen und erfunden war / deß sie doch ihn selbs gar nichts behielten / unnd besonder ihrem Volck frölichen mittheileten. Die Botten von Lůtzelburgk richten ihre Bottschafft weißlich und ehrlich auß / grůsseten sie / und empfiengen sie von der schönen Jungfrawen wegen / deß Hertzogen Tochter von Lůtzelburg. Die Botten baten sie / in die Statt mit einem theil ihres Volcks zu kommen / umb daß sie auch da bessere ruhe und Herberg gehaben möchten. Die Brůder aber antworten / und sprachen: Sie wolten gern kommen / mit fůnff hundert Rittern ihres Volcks / und allda eine weil ruhen unnd seyn / Zu stundan wurden Fůhrer oder Voricrer[98] vorgesendet / das Volck in der Statt an die Herberg zu ordenieren. Aber die zween Brůder machten sich auff den Weg / unnd ritten in die Statt / mit der vorgenandten zal ires Volcks. Sie wurden aber mit sůssem gedöhne / unnd gar mit viel lieblichem Seytenspiel höflich unnd frölich von allem Volck empfangen / die ihn auch fleissig dancksagten / irer Ritterlichen erlösung / da kamen zween Landsherren / und fůhreten die zween

98. Quartiermacher.

Brůder in die Burg / da sie die gar scho̊ne / edel und Hochgeborne Fůrstin nach allen Ehren mit viel scho̊nen Frawen und Jungfrauwen / Graffen und Freyherrn / Rittern und Knechten gar scho̊n empfienge. Das Mal war nun bereyt / unnd man nam Wasser auff die Hånde / und die Gåste wurden alle gesetzt / besonder der Ko̊nig von Elsaß / der gefangen war / zu o̊berst / darnach Anthonius und Reinhart von Lusinien an die mitte deß Tisches / darnach auch drey geborne Landsherren / auch von andern frembden Gåsten / so ward die Hertzogin den zweyen Edlen Herren von Lusinien entgegen zum Tisch gesetzt / dasselbige Mahl war nun nach Fůrstlichen Ehren gar reichlich zugericht / sie assen und truncken / und lebeten alle mit freuden / außgenommen / der gefangen Ko̊nig von Elsaß / der seinen grossen verlust der Leut und auch seines Guts nicht mocht vergessen. Nach dem Essen warde der Tisch auffgehaben / unnd Gott dem Allmåchtigen gedancket / Da hube der Ko̊nig von Elsaß an / und sprach zu den zweyen Brůdern / den Herren von Lusinien: »Lieben Freund / ewer gefangener bin ich auff heut worden / und begere / daß ihr ohn verzug eine Schatzung[99] ordnen wo̊llet / die mir vermůglich / und leydenlich sey / solches umb euwer fro̊mbkeit mit andern meinen Freunden und Go̊nnern zu allen zeiten beger ich zu verdienen.«

Anthonius von Lusinien antwortet / und sprach zu dem Ko̊nig: »Frommer Herr / ihr seyt unser Gefangener nicht / Denn ob wir der edlen Fůrstin und Jungfrauwen dienst oder freundtschafft bewiesen haben / derselbigen ihr aber viel kůmmernuß unnd uberdrangs[100] zugefůget habt / so ist billich / und unser beyder will und meynung / sol in ihrer Hand und in ihrem gewalt seyn / ohn månnigliches eyntragen[101].« Von dieser antwort erschrack der Ko̊nig / unnd gefiel ihm nicht fast wol / denn er besorget der Fůrstin Ungnad gar sehr / denn er ihr gar viel kůmmernuß unverschuldet gethan und zugefůget hat. Die Fůrstin antwort schnell / unnd gantz unbedacht / denn sie gar weiß und vollkommen

99. Lösegeld. – 100. Bedrängnis. – 101. Widersprechen.

war / unnd sprach zůchtiglich: »Lieben unnd getreuwen Freund / ich dancke euch fleissiglich aller der Ehren / die ir mir thut / umb der freundtlichen und getreuwen hůlff / die ir gethan unnd erzeiget habt / deß ich euch nimmer kan noch mag verdancken / und darumb ich mich sein nichts annimb / unnd weil ihr mich mit euwer mannlichen Ritterschafft von grosser not erlôset habt / darumb so gib ich seine Schatzung und Erlôsung euch gantz in ewer Gnad on eyntrag.« Da nun die zween Brůder / Reinhart und Anthonius hôreten der Fůrstin weise antwort / da sprachen sie alle eynhelliglichen zu der Fůrstin: »Gnådige Hochgeborne Fůrstin und Jungfrauwe / seyt daß nun ewer Fůrstliche Gnade wil / daß die Schatzung deß gefangenen Kônigs zu uns stehe / so sprechen wir ihn jetzund angehends aller Schatzung gantz frey / ledig und loß / Doch also / daß er fůr euwere Fůrstliche Gnad auff seine Knie falle / unnd euch bitt / daß ir ihm seiner gewalt unnd drang / den er euch unbillich unnd unverschuldt zugefůget hat / ihm gnådiglich verzeihen wôllet / unnd sol euch darzu schweren und geloben / bey seinen Kôniglichen Ehren / unnd auch gewisse Bůrgschafft und Sicherheit geben / daß er euch / und auch die euwern hinfort in kůnfftigen zeiten nimmer wôlle bekůmmern / noch schaden zufůgen / auch das niemand verhengen noch vergônnen in keinem wege.«

Die Fůrstin antwortet / unnd sprach: »Allerliebsten / was ihr darinn geordnet und angesehen habt / auch was euwer will unnd gefallen ist / das sol mein gefallen und guter wil auch seyn. Der Kônig ward dieser rede zumal fro / und fiel nider auff seine Knie gegen der Fůrstin / unnd bat sie der Gnaden / wie denn darvon geredt und verlassen war.

Das XXIIII. Cap.

Wie der gefangene Kônig von Elsaß / der Hochgebornen Fůrstin Christina von Lůtzelburg bůrgschafft und auch versiegelte Brieff wolte machen.

ALs nun der König an die Fürstin gnade hat gesuchet / und sie mit einem Gelübd und Bürgschafft in versiegelten Brieffen zumal wol versichert hett / da stunde er auff / unnd gedacht in ihm selber also: Nun sind doch die zween Herren von Lusinien solche fromme unnd getreuwe Ritter an dir gewesen / daß sie aller Ehren wol wirdig seynd / Er betracht auch / daß er ihn hin wider mit viel guter trew und freundschafft verbunden were / unangesehen die Freundtschafft / so sie ihm denn beweißt hetten. Unnd als Boetius spricht / daß unter allen Lastern sey undanckbarkeit / der größten Laster auff Erden eyns / Darumb hub er an öffentlich vor allem Volck / und thet das den Herren von Lusinien zu ehren unnd zu danck / unnd sprach vor inen allen: »Wolte Gott / daß ein solcher Ritter / als die zween Brüder von Lusinien seynd / unser Beyseß und Herr dieses Fürstenthumbs seyn solte / das gedeuchte mich nun diesem Land unnd allen Umbsessen ein groß glück / unnd ein grosse ehre seyn / und ich wolte auch darzu in guten trewen rahten / daß die schöne Fürstin und ihre Landtsherren / sich weißlich bedächten / und so küne und mannliche Ritter / als denn auch die zween Brüder seyn / nicht geringes muht verachten / sonder darnach gedencken wolten / daß wir zwischen der Fürstin unnd Anthonio von Lusinien eine Freundtschafft und Eheliche Gemahelschafft gemachen möchten / so weyß ich nicht / daß sie iergendt einen so mannlichen Ritter bekäme / noch baß nach Nutz und Ehr berahten werden möchte / und bitte euch / lieber Anthoni / daß ihr zu hören wolt / und euweren willen darzu geben.« Die Landsherren von Lützelburg / und auch etliche der Fürsten und Räht / redeten alle eynmütig / daß diß ein guter antrag wer / und der König hette weißlich geredt / unnd duncket sie / daß alles zu thun sey / daß sich die Fürstin mit iren Rähten bedächte / und eine gütige antwort darauff geben wölle / darumb sie ire Gnad bitten wolten. Die Jungfraw Christina bedacht sich die Nacht / und beschicket deß Morgens ihre Rähte / unterredet sich mit inen gar weißlich / und ir in trewen zu rahten / was ir zu thun wer. Da riehten sie ir alle gemeinlich / und sprachen: Sie solt deß Kônigs Anschlag und weisem raht folgen / denn sie eines solchen Ritters wol nottůrfftig wer / deßgleichen auch ihre Landschafft / So hette sie ihn auch eben funden von Gottes geschicht / Unnd besonder hetten sie es beweißt mit ihrer Ritterschafft / daß sie ihn verbunden wer / viel guts und treuwe zu thun. Die Edle Fůrstin hett sich nun bedacht / und folget dem Raht irer Landsherrn und guten Freunde / unnd ließ sich also dem Anthonio von Lusinien zu einem Ehelichen Weibe vermâhlen. Also wurden sie beyde zusammen gegeben / mit grossen freuden und ehren.

Das XXV. Cap.

Wie Anthonius und die Jungfraw Christina zusammen wurden vermâhlet / unnd daselbst Hochzeit hielten.

DA sie nun zusammen wurden vermâhlet / da warde die Hochzeit mit grossen ehren und freuden und kôstlich angehebet / da ward ritterlich gestochen und getantzt / und auch gar viel kurtzweil getrieben. Der Kônig von Elsaß stach gar zumal wol / und weret dieselbige Hochzeit acht gantzer tag. Unnd nach denselbigen acht tagen / da wolte man von dem Hof scheiden / und urlaub nemmen / so kommet ein Bott von den Behemen gar schnell und eylends geritten / und fraget nach dem Kônige von Elsaß / Also ward er bald zu Hof eyngelassen / und bracht dem Kônige die Brieffe.

Das XXVI. Cap.

Wie dem Kônig von Elsaß ein Bottschafft / unnd auch Brieff kamen / wie daß die Tůrcken und die Unglåubigen / seinen Bruder / den Kônig von Behem / jetzt in der Statt Prag mit grosser Macht belågert hetten.

WIe nun der Kônig von Elsaß alle die Brieff auffthet / und gelase / da erschracke er gar sehr / und erseufftzet / unnd saget also inen allen / wie das im sein Bruder / der måchtige Kônig von Behem Bottschafft gethan hette / unnd im Brieff geschrieben / solcher gestalt aber und form / daß der groß-måchtige Keyser auß der Tůrckey / ihn in der Statt Prag gar mit grosser Macht unnd starckem Volck hette belågert und umbgeben / unnd er von niemandt keine entschůttung[102] noch hůlff wißte zu haben / denn von ihm / unnd daß er ihn in Brůderlicher Treuwe ermahnet / und ihn umb hůlff angeruffet hette. Darumb bat der Kônig von Elsaß zu stund die zween Brůder von Lusinien / gar mit grossem ernst / unnd demůtiglich / daß sie umb der Christenheit / unnd umb seiner unnd seines Bruders Diensts willen / auch umb ihres theuweren guten Namens willen / wolten darzu steuwer unnd hůlffe thun / daß das Heydnische und Tůrckische Volck auß dem Lande zu Behem geschlagen wůrde / unnd daß also sein Bruder darmit entschůttet wůrde. Anthoni antwortet ihm / und sprach: »Lieber Herr / seyt unerschrocken /

102. Entsetzung.

denn mein Bruder Reinhart sol mit euch ziehen / und mit manchem Ritter / und sol darzu thun / der alle ding vermag / daß nur die Heyden von dannen geschlagen werden.

Und ihr solt euch auch mit euwer Macht sammlen / und darzu schicken / so zeucht mein Bruder mit euch / und sein denn not wůrde / theten ir mir fǒrderliche Bottschafft / so wil ich euch auch zu hůlff kommen.« Da dancket ihm der Kǒnig gar fleissig / und sprach: »Ists sach / daß uns denn gelinget / als ich hoffe / so hat mein Bruder auch ein einige Tochter / die im fast lieb ist / so versprich ich euch bey meinen Ehren / daß ich die Reinharten zu einem Ehlichen Gemahel geben / das er nach meines Bruders todt / ob er das erlebet / mǎchtiger Kǒnig zu Behem wirdt.«

Reinhart und Anthonius die danckten im seines guten willen / und aller freundschafft / die er inen beweißt / und willen zu thun hett / und erbotten sich bald im behůlfflich zu seyn / und beystand zu thun / durch der Christenheit willen / auch sein unnd seines Bruders / deß Kǒnigs von Behem Ritterlicher Ehren willen.

Anthonius war umb der rede von wegen seines Bruders gantz fro / und rieht dem Kǒnig schnell zu reyten uber Rhein / unnd Volck bestellen / daß er in fůnffzehen tagen widerumb bottschafft thet.

Deß Kǒnigs Volck war nicht ferr[103] darvon / Er versammlet sich so mǎchtig / als er kundt / und brachte gar ein grosses Volck zusammen / Auch so versprach im Anthonius mit seinem Leibe / unnd aller seiner Ritterschafft / behůlfflich zu seyn / deß dancket im der Kǒnig.

Das XXIX. Cap.

Wie der Kǒnig von dannen schiede / unnd sammlet sein Volck zusammen.

NAch den worten unnd raht der zweyen Brůdern von Lusinien / schied der Kǒnig von dannen / unnd sammlet alles

103. weit entfernt.

sein Volck / auff das behendest als er kundte / unnd schicket Bottschafft den Herren gen Lützelburg / Darzwischen sammleten sich auch die zween Brůder von Lusinien / mit allen denen / die auß dem Fůrstenthumb zu Lůtzelburg streitbar waren / unnd mit in viel Britannier / also / daß die zween Brůder bey dreyssig tausent Mann zusammen brachten.

Und als nun Anthonius und Reinhart auffsassen / und von der schönen Fůrstin Christina urlaub namen / da wůndschet sie inen gar viel Glůcks / und sprach zu irem Gemahel: »Anthoni / lieber Gemahel / noch hab ich eine bitt an euch zu thun / und bitte euch mit trewen und mit gantzem fleiß / seyd sich nun gefůget hat / daß wir zusammen vermåhlet seynd / und ir mein Herr und Fůrst worden / daß ir mir denn zu lieb / unnd zu ehren meines Herren seligen unnd Vatters / deß Erb ir seyt / sein Schildt / Helm / und Wappen Kleyd / fůhret / euch und ewerm Stammen das behalten wöllet / noch sonst kein ander Wappen noch Blesonierung[104] an euch nemmen wöllet.« Auff das antwortet ir Anthonius / und sprach: »Allerliebstes Gemahl / meines Vatters und aller meiner fordern Wappen gebůret mir nicht zu verlassen / aber ich habe ein Warzeichen mit mir an die Welt gebracht / ein Löwengriff / den ich an meinem Backen hab / darumb mich manches Mensch zu wunder und seltzamkeit beschawet hat / deßhalben so wil ich auff meinem Helm zu einer Losung fůhren unnd haben einen Löwen / und umb so viel wil ich euch zu willen seyn / darumb / daß ir in ewerm Wappen auch fůhret den Löwen.« Da dancket ihm die Hertzogin / und sprach: »Euwer und mein Wappen die fůhret ir billich beyde / denn nichts unterschied daran ist« / Anthonius nam das Wappen / unnd nam da also urlaub von seiner Haußfrauwen Christina der Hertzogin / und sassen auff / und zogen mit gantzer macht uber den Rhein / in Teutschlandt / durch alle Gegendt / on alle hindernuß.

104. Schildzeichen.

Das XXX. Cap.

Wie Anthonius und Reinhart zu dem Kônig von Elsaß kamen / und wie er sie so gar schôn empfieng.

DA kam dem Kônig von Elsaß die Bottschafft / wie die zween Brůder kommen weren / mit grosser macht / Deß ward der Kônig gar fro / unnd hette vorhin bestellet / in den Stâtten unnd Schlôssern / schône Gezelt / die nun alle auffgeschlagen waren / darinnen sie denn Herberg mochten gehaben / und sie alle wurden auch von mânniglich schôn und wirdiglich empfangen / denn alle Stâtt und Schlôsser wurden in auffgethan / und sie zogen mit ehrlichem schalle / biß zu deß Kônigs Volck / Da empfieng sie der Kônig von Elsaß auß dermassen herrlich / und darzu alles ir Volck ward wol und schôn empfangen / mit grossen Ehren und freuden / Darnach mit kurtzem raht wurden die Herren mit einander eyns / unnd zohen alle hin durch das Teutsche Land / biß ins Land zu Behem. Nun bekrieget der Tůrckische Keyser das Behmerland / mit starcker macht / unnd kam eines mals mit einem grossen und mâchtigen Heer / und eben in der zeit / als die zween Brůder von Lusinien / mit dem Kônig von Elsaß sich begundten nehern / da rennet der genannte Tůrckische Keyser mit einem offenen Paner fůr die Statt Prag / allda mit ihnen zu scharmůtzeln / Da ersahe das der Kônig von Behem / Friderich genannt / der ließ sich wapnen / und zohe hin mit verbundenem Helm / Schilt und Wappenkleydt / und hieß ihm das Thor auffschliessen / und zoge da hinauß / an die Tůrcken / mit viel seinen Rittern und Kriegßleuten / Edlen unnd Unedlen / unnd scharmůtzelt mit ihnen gar mannlich / unnd erschlugen ihr viel / doch war die Macht der Unglaubigen / unnd besonder der Sclafen / so groß / daß ihnen die Behem in die lânge nicht widerstandt gethun mochten / sondern sie zohen abe mit wehrlicher Hand.

Der Kônig wolt nun selber nicht abziehen / und hielte sich gar ehrlich und mannlich / und fochte gar Ritterlich / und erschluge gar manchen Heyden / aber zuletzt mocht er nicht mehr / denn er ward mit einem Schutzglenen[105] geschossen / durch seinen geraden Leib / daß er tödtlich wundt ward / unnd deß leyder sterben mußt. Da die Behem ihren Herren todt sahen / da klageten sie ihn gar jämmerlich. Als aber die Unglaubigen sahen / daß der König von Behem umbkommen / unnd erschossen war / da theten sie erst den Christen zumal wehe / unnd grossen schaden / mit starckem gefecht / unnd freuweten sich auß dermassen sehr ires Siegs / unnd der Behmen verlust / aber diese freude ward ihnen darnach in ein grosses leyd verkeret / denn die Gnade GOttes die ihren nit verläßt / und das gar schier gerochen ward an den Heyden / mit grossem mercklichen schaden / als ir denn baldt hernach wol hören werdet / als denn gewöhnlich dieser Welt freude ist / lust unnd auch muht mit leyd / und mit viel jammer unnd elend es ein ende wirdt nemmen / Und also eyleten die Türcken unnd Sclafen den Behem nach / biß an die Pforten der Statt / und erschlugen da viel mannlicher Ritter unnd Knechte / unnd viel deß gemeinen Volcks / und verwundeten ir on zal viel.

Also kam ein geschrey in die Statt / für deß Königs Tochter / Eßglantina / genannt / wie der König ihr Herr und Vatter leyder umbkommen und erschlagen were / Deß ward deßselbigen Königes Tochter und alles sein Volck auß dermassen gantz sehr betrübet / und die schöne edle Königin hette unsägliche grosse unnd jämmerliche klage / umb ihren lieben und getrewen Herren und Vatter / als denn billich war / denn sie besorget sich gar sehr vor der grossen Schar der Türcken / Heyden unnd Sclafen / die mit gar grossem Volck die Statt Prag belägert und umbgeben hetten / denn die Türcken hetten unsägliche freude / daß der Edel unnd Hochgeborne König und Herr also umbkommen unnd erschlagen war / Unnd sie macheten zustund gar nahendt bey der Stat ein Feuwer / unnd wurffen deß Edlen Königs Leichnam auff das Holtz / und verbrenneten ihn da gar zu Pulffer / vor der Behmen Angesicht.

105. Wurflanze.

Das XXXI. Cap.

Wie die Türcken die Statt Prag stürmeten / und den erschlagenen König von Behem verbrenneten.

NUn gewonnen die Behem groß leyd und jammer / aber sie mochten das darmit nicht gewenden. Der König von Elsaß / ires Herrn seligen Bruder / und Herr von Lützelburg / und mit im sein lieber Bruder Reinhart von Lusinien / die begundten nun gar sehr mit irem volck nähern der Statt / und dem Geläger vor Prag. Eßglantina die betrübete Jungfraw und Königin / die klaget Gott im Himmel ir groß Hertzenleid / und ihren ungemach / und sprach mit gantz betrübtem und trawrigem Gemüht / »Ach Gott / ich arme und elende Waysin / was vor trosts mag ich gewinnen / so ich weder Vatter noch Mutter mehr hab / und ich nun mein Königreich also seh durch die Heyden / Türcken / Sclafen / so gar zerstören / unnd so gantz zu verderbnuß bringen / Ach Gott / nun müssen vielleicht ich und die meinen von dem Christlichen Glauben gedrenget werden / und an den Heydnischen glauben fallen / und ich darzu von niemand Trost und entschüttung warten bin« / solcher klag verbracht sie ohn zahl gar viel / denn die Heyden jetzt der Statt mit starcken stürmen / unnd mit grosser macht begundten widerstehen / und hetten grosse begierde unnd hoffnung die Statt zu gewinnen / und mit gewalt zu uberkommen / als auch geschehen wer / ob es Gott nicht gewendet hette / der denn auch alle ding vermag / unnd die seinen nicht verläßt in solcher noht. In dem / so kommet in eyl ein heimlicher Bott hineyn gen Prag in die Statt / der schrey uberlaut. »Ich bringe euch gute Mähr / seind frölich / unnd dancket Gott dem Herren mit Hertzen und Mund / und seind Männlich und unerschrocken / denn euch kompt grosse hülff und entschüttung. Der König von Elsaß / der Hertzog von Lützelburg / und Reinhart von Lusinien / sein Bruder / die ziehen dort her / mit einer auß dermassen grossen Macht / und wöllen euch zu hülff kommen mit gar viel Volcks.« Da nun die Landsherren und alles Volck diese Mähr höreten / da wurden sie zumal fro / und empfiengen widerumb ein Hertz / Also saget auch ihnen der Botte / wie es auch vor Lützelburg ergangen war / und wie der König von Elsaß ledig worden / unnd wie Anthonius von Lusinien Herr zu Lützelburg were / Deß wurden sie nun alle fro / unnd ordneten also baldt fast starcke Wehr auff die Mawren / und hielten sich also tapffer und Mannlich / und wereten sich also tröstlich / daß sich das Heydnische Volck / auch die Türcken unnd Sclafen / deß gar sehr verwunderten / und sprachen: »Ohn zweiffel ist den Behemen in kurtzer zeit / nach dem sie nun Siegloß seyn worden / unnd sich auch jetzt so Mannlich halten / hülff kommen / oder entschüttung zugesaget / oder verkündiget worden /« Zu stund kam auß den Gezellten der Heyden unnd der Unglaubigen einer gar schnell / und auch auß dermassen bald gerennet / der rüffet mit lauter stimme zu ihnen / unnd sprach: »Lieben Herren / kehret hin schnell zu euweren Gezellten / unnd lasset euwer stürmen unnd scharmützeln unterwegen / denn es kommen dort her auß dermassen viel Hauffen von Christlichem Volck / die diese Statt / und auch alle die / so darinnen seynd / entschütten und beschirmen wöllen / und werden auch gar bald zu uns kommen /« Die Heyden erschracken ab diesen Mähren / und liessen von allem Fechten und Stürmen / unnd zogen gar baldt hindersich / gegen ihren Gezelten gar schnell / unnd hiessen da ihre Trommeter auffblasen / und macheten ihre Ordnung gar eben zu fechten / unnd auch wider die Christen zu streyten / Aber die Christen hetten die Ordnung nun schon gemachet / und bliesen die Trommeter auff / und kamen also in wolgeordneter Ordnung / unnd mit begierlichem mut auff das Heydnische Volck / und theten iren angriff gar zumal mannlich und künlich / und also sehr und starck / daß die Heyden darvon auß dermassen sehr erschracken / unnd doch wehreten sie sich gar feindtlich und unmäßlich / Auch so ward da mancher Schildt durchrennet / und viel Helm zerschrotten / Und besonder Reinhart von Lusinien / der gar ein starcker / und auch unverzagter Fechter war / der schlug mit seiner Hand der Heyden unnd der Unglaubigen viel zu todt / und verwundet ir on zal viel / unnd zerspaltet manchem seinen Helm / mit seiner Mannlichen und Ritterlichen Hand.

Das XXXII. Cap.

Wie die Britannier / und auch die Elsåsser mit den Unglaubigen / als Tůrcken / Heyden / unnd Sclafen / vor der Statt Prag stritten / unnd der Tůrckische Keyser / und viel Tůrcken / Heyden / Sclafen / mit ihm erschlagen wurden / und viel verwundet.

REinhart der vollbracht da die Mannlichste Ritterschafft / unnd begundten die Heyden von seiner und seines Bruders Anthonius Mannheit / unnd darzu ihres Volcks Mannlicher ubung / gar sehr niderfallen / unnd siegloß werden / und die Christen begundten einander sehr anruffen / unnd sich gar mannlich halten. Dieses sahe der Tůrckische Keyser wol / der begundt vor zorn sehr wůten / darumb das die seinen also fast ernider geleget wurden / unnd richtet seinen Schildt nach der Wehr / unnd [schlug einen christen] so hart / daß er todt auff die Erden fiel. Dieses ersahe Reinhart der sporet sein Pferdt / gar mit einem freyen unnd Mannlichen Muht / unnd zucket auch darmit sein Schwerdt mit grimmen / und eylet darauff zu dem Tůrckischen Keyser / und gab im so ein ungefůgten Streich / daß er im seinen Helm zerschriet[106] / und auch darzu sein Haupt biß auff die Zån / daß er also todt hernider von seinem Pferde fallen mußt. Da nun das Heydnische Volck ires Herren Todt empfunden / da wurden sie gar baldt Siegloß / unnd namen flucht mit grossem mercklichem schaden / denn die Christen inen gar hart zusetzten / und nacheyleten / Reinhart hett gar zumal grosse begier unnd arbeit / die Heyden umbzubringen. Anthonius der hielt sich gar Ritterlich in dem Streit / und focht gar mannlich. Aber der Kônig von Elsaß war auch mannlich / und streit Ritterlich / unnd thet mercklichen grossen schaden unter den Heyden und unglaubigem volck. Da nun der Streit ein ende gewann / und das Fechten alles war ergangen / und das Heydnische Volck sehr hernider gelegt / unnd siegloß worden war / und der Kônig von Elsaß verstund / daß der Keyser auß der Tůrckey seinen Bruder seligen / den Kônig von Behem / hette lassen verbrennen / nach seinem Tode / da ließ er sammlen grosse hauffen Holtz / unnd das auff ein end zusammen tragen / und denselben Tůrckischen Keyser ließ er also darauff legen / mit allen Heyden / die da erschlagen waren worden / und ließ sie alle zu Pulffer verbrennen.

106. zerhieb.

Das XXXIII. Cap.

Wie der Kônig von Elsaß den Tůrckischen Keyser also nach seinem Tode verbrennen ließ.

ALs nun das alles geschach / da zogen die zween Brůder / Anthonius und Reinhart zusammen / unnd namen daselbst Herberge in den Gezellten / die da der Heyden waren gewesen / Aber der Kônig von Elsaß zoge gen Prag in die Statt / und kame zu seiner Mumen[107] / die denn seines Bruders Tochter war / mehr denn mit hundert Rittern / Die Fůrstin und Kônigin gienge ihm entgegen / unnd empfieng ihn gar ehrlich / denn sie umb ihren Herren unnd Vatter sehr fast trawrig war / Aber er warde recht gerochen / als ihr denn hernach hôren werdet. Der Kônig trôstet sie / unnd sprach: »Liebe Freundin / gehabe dich wol / denn ob dir dein Vatter abgangen ist / und dir dein Land etwas verirret ist worden / das ist nun von Gnaden GOttes gerochen / wenn schon dein Vatter von den Heyden verbrennet ist worden / so habe ich ihm und den seinen widerumb also gethan / und biß frôlich.« Die Fůrstin und Kônigin antwort im gar zůchtiglich: »Ach liebster Herr und Vetter / so muß doch mein Hertz stets trauwrig seyn / umb meinen liebsten Vatter.« Der Kônig sprach: »Nun war er doch mein Bruder / und ich muß ihn fahren lassen / deßgleichen so mußt du auch thun / und sonst sollen wir Gott fůr seine Seel bitten / und seine Begrâbnuß mit fleiß begehen.«

Das XXXIIII. Cap.

Wie deß Kônigs von Behem Begrâbnuß herrlich begangen ward.

DA ward die schône Begrâbnuß geordinieret und begangen / Unnd waren die zween Brůder von Lusinien auch darbey / die beschauwet das Behemische Volck gar sehr / unnd sprach:

107. hier: weibliches Geschwisterkind (Nichte).

»Hat Antonius den Lôwengriff mit der Geburt an die Welt gebracht / were ein wunderliche geschicht.« Auch gedaucht sie / daß Reinhart gleich als wol wunderlich geschickt were / und sprachen / daß er wol gleichet einem mannlichen Ritter / dem wol můglich were / viel zu uberkommen / und darzu

viel Lands unnd Leut unter seinen Gewalt zu bringen. Nach dem unnd die Begrâbnuß fast ehrlich und reichlich begangen ward / da schicket der Kônig von Elsaß nach allen Edlen in Behem / und redet mit inen / und sprach: »Lieben Freund / es ist not / daß ir acht habt / wer euwer Kônig werd / und das Reich zu Behem regiere / und euwer gebůrlicher Herr seyn sol / seyd das doch nicht zimlich ist / daß ein Weiblichs Bildt sich deß unterstehe / so nun mein Bruder / dem Gott auch barmhertzig sey / ein einige Tochter / und keinen Son verlassen hat / und hat kein gestalt[108] / daß ir ein zeit on ein Kônig seyn solt.« Die Herren antworten / und sprachen: »Gnâdiger Herr / die sach stehet zu ewer frômmkeit / daß

108. ist nicht richtig beschaffen.

ihr uns behůlfflich seyt / daß wir mit einem frommen Herrn versehen werden / denn wir bekennen / ob unser G. Fraw auch abstůrb / daß ir denn selbs weret / der uns versehen solt / darumb bitten wir euwere Gnade demůtiglich / seyd nun die Tochter / die Kônigin Eßglantina genannt / zu ihren Jaren und Tagen kommen / und nun Mannbar worden ist / daß ir denn helffet einen erkiesen / der ir Genoß / und darzu dem Kônigreich nůtzlich und ehrlich sey / unnd daß die genannte Hochgeborne Fůrstin unnd Kônigin / ohne verziehen / versorget werde / deß wir ihren Gnaden gar gern helffen wôllen / so fern wir das mit dem Leib und Gut vermôgen.« Der Kônig sprach: »Es ist nun zeit / daß meine Mume versorgt / unnd einem Mann vermåhlet werde / daß nichts neuwes kummers euch oder ir dareyn falle / und ich wolte auch gern euwer meynung unterrichtet seyn / und ob ir keinen wolgebornen Mann wisset irgendt zu finden / der ihr unnd euch gedeucht genoß unnd zimlich zu seyn.« Die Herren sprachen alle gemeiniglich zu im: »Herr / wir setzen das zu euwer Gnad und Weißheit.« Der Kônig antwortet / und sprach zu in: »So weyß ich einen frommen tugendtreichen Mann / der aller Ehren wol wirdig / und von Fůrsten Geschlecht geboren ist / unnd nach meiner verståndtnuß / gib ich den meiner Mummen / der jungen Kônigin Eßglantina / zu einem Gemahel / und darzu euch zu einem Kônig und Herren / der wol ir Genoß und gleich ist.« Die Landsherren / Fůrsten / Ritter und Knecht sprachen: »Gnådiger Herr / ewer Kônigliche Gnade wôlle uns denselben zu erkennen geben.« Er antwort / und sprach: »Wisset / er ist einer unter den zweyen Brůdern von Lusinien geboren / die euch von ferren Landen her zu trost und hůlff gezogen sind / unnd euch von dem Tůrckischen Volck erlôset haben / der ist geheissen Reinhart.«

Das XXXV. Cap.

Wie die Kônigin Eßglantina von Behem dem Reinharten von Lusinien vermåhlet ward / als im denn der Kônig von Elsaß zugesaget / und versprochen hatt.

ES růffet der Kônig baldt Reinharten von Lusinien / und sprach: »Kommet her ir kůnen Ritter / ich wil euch halten / was ich euch versprochen habe / ich hab es nit vergessen / das ich euch verheissen habe / es sey denn sach daß die Statt Prag entschůtt werde / mit Gottes und euwer hůlff / so wil ich euch mein Mumen zu einem Weibe geben / und euch zu einem Herren und Kônig zu Behem / nach meines Bruders todt / machen / so stůnde mir auch nit wol an / daß ich euch meine wort nicht hielte / darumb so geb ich euch meine Mumen Eßglantina zu einem Ehelichen Gemahel / unnd zu Haußsteuwer das Kônigreich von Behem / Darumb so unterstehet euch ihr unnd deß Kônigreichs.« Da nun Anthonius diese Rede erhôret / da dancket er von seines Bruders / und von sein selbs wegen / dem Kônig fleissiglich / unnd sprach: »Reinhart sol die schône edle Jungfrawen Eßglantinam nemmen / unnd sich deß Reichs unterstehen mit der hůlffe Gottes zu beschirmen / denn er auch wol geschickt ist zu streitbaren sachen.« Reinhart dancket dem Kônig / und erbote sich im demůtiglich gehorsam zu seyn. Alle Landsherren / unnd das gantze Behmerland lobten und danckten dem Kônig / und gedaucht sie alle / daß Reinhart wol geschickt / unnd so mannlich were / daß er das Kônigreich wider die Unglaubigen wol môcht beschirmen und beschůtzen. Der Kônig von Elsaß ließ seine Mumen / die Jungfrauw Eßglantina zurichten und bereyten / mit kôstlichen Kleydern / unnd mit andern Kleynoten / als denn einer Kônigin wol geziemet unnd gebůret.

Deßgleichen thet Reinhart / der bereytet sich / als denn auch einem Kônig wol gebůret / mit kôstlichen Kleydern / und mit Geschmeid / und was denn darzu gehôret. Die Hochzeit ward fůrgenommen und gehalten / nach gestalt der

Sach / unnd abgang deß Kônigs von Behem / ehrlich und lôblich. Also wurden diese zwey mit dem Sacrament der heyligen Ehe zusammen vermåhlet.

Das XXXVI. Cap.

Wie daselbst die Hochzeit vollbracht ward / on tantzen / umb deß Kônigs Todts willen / doch ward allda Ritterlich gestochen.

ES weret die Hochzeit 15. Tag / da ward wol gestochen / doch Reinhart der gewann die Ehr / und stach gar Ritterlich / und thet das beste. Das gemeine Volck sprach: »Selig sey unser newer Kônig und Herr / denn er ist / als wir hoffen / zu einer guten stund geboren / und herkommen / und hat uns Gott durch seine gnade wol versehen.« Und er ward auch / als uns die Welsche History saget / ein tapffer und mannlicher Fůrst / denn er gewann in Frießland Otenpleg[109] / darnach gewann er das Kônigreich von Dennemarck / unnd regierete dasselbige Kônigreich gewaltiglich / mit viel zeitliches Glůcks und Ehren.

Diß lassen wir alles bleiben / unnd sagen fůrbaß von Anthonio / dem Hertzogen und Fůrsten zu Lůtzelburg. Da nun die Hochzeit ein ende nam / da zoch der Kônig von Elsaß wider durch Lůtzelburg / anheimisch[110] gen Elsaß / und schicket sein Volck / ein jeden wider an sein wesen. Anthonius der blieb auch zu Lůtzelburgk bey seinem Gemahel / die er erst genommen hatte / Von derselbigen da waren im zween Sôn geboren / da ward der eine genannt Bertram / unnd der ander Loyres / Dieser entschůttet Dardanien[111] / und bawet zum ersten Juoy[112] / diser macht auch die Brůcken oben zu Masiers[113] / und thet auch sonst viel guter Thaten durch seine kůne und Ritterliche Mannheit. Anthonius der Fůrst von Lůtzelburg / bekrieget den mâchtigen Graffen von Freyburg / unnd zoge darnach gen Oesterreich / unnd bezwang unter seinen gewalt viel Land und Leut. Bertram / sein âltester Son / der war nun gewachsen zu einem Mann / dem gab der vorgenannte Kônig von Elsaß seine Tochter / unnd hette auch sonst kein Kindt mehr / Darumb so ward derselbige Bertram nach seines Schwâhers Tode / auch Kônig zu Elsaß. Und wurden die zween Brůder / Bertram und Loyres so bekandte und mannliche Ritter / daß man gar weit in frembden Landen viel Ehr und Lobs von in saget. Nun lassen wir das bleiben / und sagen fůrbaß von Reymund und Melusina: Reymund bezwang mit seiner Ritterlichen Hand gar viel Landes / und besonder gewann er das gantze Land auff der einen seyten / biß an Britannia. Nun ward Goffroy mit dem Zan / gar starck / mannlich unnd

109. Couldrette: Northeblege (v. 2661), vermutlich Noreweghe = Norwegen (vgl. Flutre); von Thüring von Ringoltingen – vermutlich aufgrund schlechter handschriftlicher Überlieferung – mißverstanden. – 110. nach Hause. – 111. Couldrette: D'Ardenne (v. 2688), wahrscheinlich die Burg Ardenne, südöstlich Dinant (Maas). – 112. Couldrette: Imoy (v. 2690), nach Flutre Burg in den Ardennen, bei Dinant. – 113. Couldrette: Maiziere (v. 2692), Mézières (Maas), nordwestlich Sedan.

groß / und erschallen die Måhr im Lande Garande[114] / wie ein grausamer ungehewrer Voland[115] were / der war ein starcker Rieß / und niemand dorfft ihn bestehen / der krieget nun dasselbige Land / unnd alle Gegendt / biß an die Statt Rottschelle / die Melusina gebawet hatt / und verwůstet und verheeret die Land / die darumb waren / so gar / daß grosse klag ward / unnd erschalle sein Wesen durch alle Land.

Da nun Goffroy die Måhr verstund / da sprach er / und schwur / er wolte denselben Riesen deß bestehen / und mit der hůlffe GOttes uberwinden / Deß erschrack Reymund sein Vatter sehr / und besorget der Rieß were ihm zu starck / denn er gar groß unnd starck war / darumb so gedachte Reymund / wie er Goffroy behalten / unnd ihm seinen willen brechen môcht. Goffroy der war so kůn und mannlich / daß ihm sein fůrnemmen niemandt nemmen kundt / unnd wolt das nicht unterwegen lassen / und růstet sich zu stunde / unnd ritte eylends von dem Land / in das Land Garande / zu dem ungeheuweren Riesen / der denn dem Land so grossen schaden thet / unnd zufůget / und verhoffet Preiß und Sieg an ihm zu gewinnen.

Das XXXVII. Cap.

Wie Goffroy von dem Land schiede / und sein Bruder Freymund darzwischen zu einem Mônch ward / zu Malliers in dem Kloster / das seine Mutter hat lassen bauwen.

NUn lassen wir diß stehen / unnd sagen nun fůrbaß von Melusina. Nun war ir jůngster Son / geheissen Freymund / der war weiß / vernůnfftig / unnd wol gelehret / unnd wandelt zu mal sehr in das Kloster Malliers / unnd gewann innbrůnstige Liebe in das Kloster / so fern / daß er in andacht

114. Couldrette: Guerande (v. 2730), nach Flutre Stadt Guérande, westlich von St. Nazaire, vor der Loire-Mündung, aber auch die Halbinsel nordwestlich der Loire-Mündung kann gemeint sein. – 115. Ungeheuer, Riese.

und demůtigkeit kam / daß er in demselben Kloster ein Mönch werden / und ein Geistlich Leben führen wolt / und bracht das mit grosser bitt an sein Herrn und Vatter / und an sein Frauwen unnd Mutter / Melusina. Der Vatter antwortet / unnd sprach zu im: »Freymund / du sihest nun / daß Anthonius und alle deine Brůder / nach grossen Ehren werben / unnd kůne unnd mannliche Ritter seyn / und Lob und Preiß an manchen enden erworben haben / und solte ich denn erst einen Pfaffen oder Mönch machen / das thue ich nit gern / ich wil das du auch nach Ehren und umb Ritterschafft werbest / als deine Brůder.« Freymund sprach: »Ein Ritter wil ich nimmer werden / noch kein Harnisch fůhren / denn ich wil Gott bitten fůr euch / und meine Mutter / und meine Brůder / und ich bitte euch demůtiglich / und umb Gottes willen / das ir mich laßt geistlich werden / denn mir in dieser zeit nichts liebers ist / noch mich so wol erfrewen mag / als das ich Geistlich werde / und ein Mönch sey in dem Kloster zu Malliers / da ich nun mit Gottes hůlff mein Leben enden wil / und Gott dem Allmächtigen dienen.« Reymund sahe die grosse begierd / die Freymund hett / geistlich zu werden / und schicket einen botten zu Melusina / der ir saget Freymundts begier / unnd daß er zu Malliers ein Mönch werden wolte / und ob ir das gefiel / das solt sie in lassen wissen? Melusina embot im hinwider / daß er in den Sachen möchte thun / was ihn gut gedeucht / und was er darinnen thet / das solt ir je gantz wolgefällig seyn. Reymund růffet seinem Son Freymund / und sprach: »Freymund / ich habe zu deiner Mutter gesandt / ihren willen zu vernemmen / ob ihr auch auff dißmal gefällig were / daß du ein Mönch zu Malliers wůrdest / oder welchen Stand du an dich nemmest / unnd nach Ehren oder Ritterschafft wůrbest / als auch deine Brůder thun / also hat sie das gantz zu mir gesetzt / Nun habe acht / was dir das liebest sey / Ob du zu Malliers lieber ein Mönch werest / da sie gar eine strenge Regel halten / oder daß du zu Mormostier[116] ein Mönch werdest / oder zu

116. Marmoutier im Elsaß.

Gotzburg[117] / oder zu Potiers / lieber ein Thumbherr[118] / oder zu Thuris in Thorante[119] / zu S. Martin ein Thumbherr seyn woltest? So bin ich gegen unserm Allerheyligsten Vatter dem Bapst wol verdient / unnd verhoffe auch dir jetzt wol ein Bißthumb zu erwerben / es sey gleich zu Pariß / zu Peama[120] / oder zu Arras.« Freymundt antwortet / und sprach: »Lieber Herr und Vatter / ich begere nichts anders / denn zu Malliers ein Mônch zu werden.« Und also folgt der Vatter seinem willen / und machet ihn zu einem Mônche / und ließ in den Orden annemmen / und die Profeß thun / Deß freweten sich alle die Mônch sehr / das inen aber darnach zu grossem kummer und hertzenleydt geriehte / als ihr auch hernach wol hôren werdet. Nun waren die Melusina unnd Reymund beyde zu Favent / unnd es wolte Melusina / Reymundes Gemahel / ihre Kleyder an den Lufft herauß hencken / so kompt ein Bott geritten / der brachte dem Reymunden Bottschafft und Brieffe / unnd darzu gute Mâhr / daß Anthonius unnd Reinhart / seine Sôn / also gestritten hetten / vor Lûtzelburg / unnd darnach vor Prag / unnd wie Anthonius ein Hertzog unnd Fûrst zu Lûtzelburg / und Reinhart ein gekrônter Kônig zu Behem worden were. Der Mâhr ward er gar fro / und rûffet seinem Gemahel Melusina lachendt / unnd mit freuden / und saget ihr die guten Mâhr. Melusina ward von hertzen fro / und danckten beyde Gott und seiner gnaden / das er inen so glûck und selde zugefûget / das ire Sôn also zu hohen ehren kommen weren / drey zu Kônigen gekrônet / der vierdte ein Fûrst / und der so nahendt bey ihnen ein Mônch worden / dardurch sie verhoffeten / er solte GOTT fûr sie alle bitten. Das aber nicht lange weret / sondern ein klâgliches ende gewann / als ihr hôren werdet. Auch daß die andern Sôn also wol berahten solten werden / darumb so lobten sie Gott / das er in auch so viel ehren und guts zufûget / und begereten von Gott /

117. Couldrette: Bourc-de-Dieu (v. 2838), nach Flutre le Bourg-de-Dieu de Déols, bei Châteauroux, östlich von Poitiers. – 118. Domherr. – 119. Couldrette: Tours en Touraine (v. 2842). – 120. Couldrette: Beauvès (v. 2854), Beauvais, nördlich von Paris, Bischofssitz seit dem 11. Jh.

daß sie auch also gerahten solten werden. Die Måhr erschallen durch das gantze Land / daß sich merniglich erfrewet / und jedermann hette freud mit Reymundt und Melusina.

Nun laß ich diß alles seyn / und muß sagen von dem ende / das diese Freude nam / denn gewo̊hnlich die glůckseligkeit diß jammers alles nimpt mit leyd / bekůmmerniß und schmertzen / ein ende in dieser zeit / ob das nicht geschicht / so ists ein gewißheit der verdamnuß / als wir auch das lesen in einem Exempel von dem heyligen Lehrer S. Augustino / der wolte ein Nacht nicht in einer Herberg bleiben / als er von Rom reyt in eines Wirts hauß / der sein Schulgesell war / den fraget er wie es ihm gienge? Da antwort im der Wirt / es gienge ihm fast glůcklich und wol / und reichtet[121] an zeitlichem Gut / unnd nemme fast zu. Da růfft S. Augustin seiner Diener einen / und sagt ihm heymlich / »gehe bald und lege die Såttel auff / denn wir wo̊llen gar bald fliehen / daß uns Gottes zorn allhie nicht ergreiffe.« Denn S. Augustinus nicht ferrn von dem Hauß auff die Straß kame / da hube die Herberge / darinn S. Augustinus das Nachtmahl gessen hett / an zu brennen / und verdarbe der Wirt unnd alles sein Haußgesinde / Weib und Kindt / Knecht und Mågd / und man sihet noch heut deß tags die Gruben desselbigen Hauses. Nun komme ich wider an die History.

Es fůget sich eins mals auff einen Sambstag / daß Reymundt Melusinam aber verlorn hett / als auch ander mal / doch hatte er sie noch nie ersucht / noch auch ihr je nachgefragt / und sein gelůbdt und Eydt gehalten / denn er auch nie nichts denn guts und keines argen gedachte. Und in dieser zeit / da war eben der Graff vom Forst / Reymundts Vatter / mit todt abgangen / darumb so kam sein Bruder der Elter / der dazumal Graff war / gen Lusinien zu seinem lieben Bruder / den er gar schon und ehrlich empfienge / und das war an einer Hochzeit / als die Graffen und Landtsherrn zu ihrem Herrn Reymunden geritten waren. Da sprach der Graff vom Forst zu seinem Bruder: »Lieber Bruder /

121. (er) werde reich.

heißt ewer Gemahel herfůr zu euch und ewren Gåsten kommen / und sie allda empfahen / und inen Ehr anthun / als sichs denn nun gebůrt.« Reymundt antwortet und sprach: »Lieber Bruder / laßt euch nicht verlangen / auff Morgen solt ir sie sehen.« Also ward nun das Mahl gegeben / und ehrlich vollbracht / und nach dem gehaltenen Mahl / so nam der Graff vom Forst seinen Bruder / und fůhrt in besonder unnd sprach: »Reymundt lieber Bruder / ich besorg ir seyt bezaubert / und das ist ein gantze Landmåhr / unnd sagt menniglich / ihr seyt nicht wol bedacht / daß ihr nicht sollet noch bedőrffet euwerm Gemahel nachfragen / wie sie / oder wo sie sich halt an dem Sambstag / und ist ein frembde Sach / daß ihr nicht wisset / was ihr gewerb / ihr thun oder lassen sey / unnd ich muß es euch je sagen / denn ir habt sein groß unehr / viel nachrede / denn etlich die meynen / sie treibe bůberey / und habe andere Leut lieber denn euch / Etliche sprechen / es sey ein Gespenst / und ein ungeheuwer wesen umb sie / das sag ich euch / als meinem lieben Bruder / und darzu rahte ich euch / daß ihr gedencket zu wissen / was ihr gewerbe sey / das ihr nicht zu einem Thoren gemacht / und von ihr also geeffet werdet.« Da er die Rede hőret / da ward er vor Zorn rot / und darnach bleych / unnd kehret sich an die Wort seines Bruders / in grosser grimmigkeit / und in harten zorn / und gienge gar schnell / und nam sein Schwerdt / und lieffe an ein Kammer / darinn er noch nie kommen war / die er ihr zu ihrer heymligkeit gebauwet hett / und kam an ein Eyserne Thůr / da stunde er / unnd gedachte was ihm nun zu thun wer / unnd nach seines Bruders Worten kam im in seinen Sinn / und gedachte / daß sein Weib die Melusina gegen im untrewlich fůhre / unnd grosse schandt triebe / unnd jetzundt vielleicht an solchen enden wer / deß sie unehr hett / und also zog er sein Schwerdt auß / und sucht / ob er ein Loch mőchte finden / dardurch er seines Gemahels Håndel mőchte sehen und befinden / dardurch er denn die Warheit fůnde / und nicht also zweiffeln mőcht / unnd er machet mit seinem Schwerdt ein Loch durch die Thůr. Ach wie ein groß ubel er ihm selber macht / denn er verlore darnach all sein freude / als ihr hören werdet. Reymundt sahe durch das Loch hineyn / und sahe / daß sein Weib im Bad nacket saß / sie war oberhalb dem Nabel ein schön Weiblich Bild / und von Leib und Angesicht gantz schön / aber von dem Nabel hinab war sie ein grosser langer und ungehewrer Wurmschwantz / als blaw Lasur / und mit weisser Silberfarb tröpfflich unter einander gesprengt / als denn ein Schlang gemeinlich gestallt ist.

Das XXXVIII. Cap.

Wie Reymundt Melusinam im Bad ersahe / und er zumal ubel erschrack / und in grossem zorn sein Bruder von im schicket / denn er ihm arges von Melusina sagt / das sich aber nicht also erfande.

REymundt / da er nun diese greußliche und gar frembde Geschöpff an seinem Gemahel sahe / da ward er gar sehr bekůmmert / und von allem seinem Gemůt betrůbet / unnd erschracke sehr von diesem Gesicht / und stund also vor forcht in grossen sorgen / das im der schweiß vor angst außgienge / doch besanne er sich / und vermachte das Lo̊chlein / das er mit seinem schwerdt gemacht hett / wider mit einem Wachß / und versahe sich deß nit / das es sein Gemahl hett empfunden / was er gethan hett / unnd kehret da stillschweigendt wider von dannen / in grossem zorn und grimmen / uber seinen Bruder / und versiegelt diß Lo̊chlein wol / daß niemand hineyn gesehen mochte / und kam wider zu seinem Bruder in grossem Zorn und grimmigkeit. Da ihn der Bruder sahe kommen / da gedaucht ihn wol / wie er zornig wer / und versahe sich vor ihm / er hette sein Weib Melusinam an was unehrlicher That und ungetreuwen Sachen funden.

Also hube er an und sprach: »Lieber Bruder / ich versahe mich wol zu stundt an / daß euch euwer Gemahl abgetretten / und euch nicht trew geleistet hat.« Reymundt sprach: »Ihr lieget[122] durch euwer Maul und Rachen / ihr seyt ein schåndtlicher Mann / und seyt zu einer unseligen stunde herkommen / und saget mir von meinem Gemahel nichts arges / denn sie ist fromb / und aller schandt unschuldig / und gedencket / daß ir euch von dannen hebt / denn solt ihr euch ein weil hie enthalten / es můßt euch den Leib kosten / unselig sey die stunde / darinn ihr herkommen seyt / denn ir habt geschafft / daß ich ein Sach gethan habe / die mir wol all mein tage schaden mo̊chte / eylet bald von meinen Augen / und kompt nit widerumb zu mir / dieweil wir beyde noch leben.« Reymund der war so gar erzůrnet / daß menniglich wol verstunde und mercket / daß er fast von im selbst kommen war vor zorn. Der Graff sein Bruder sahe diesen zorn / und erschracke gar sehr / und ritte schnell seinen weg widerumb heym / und war ihm hertzlich leyd / unnd jammert ihn fast / darumb / daß er seinen Bruder so gar erzůrnet / und seine Huld und Gunst verloren hett / denn es dem Graffen vom Vorst zu unheil geriehte / unnd kame deß umb

122. lügt.

sein Leben / als ihr wol hören werdet. Also was nun Reymund in grossem jammer und hertzenleid / unnd besanne sich deß / da er Melusinam zum ersten name / wie er ihr so trew und hoch geschworen hette / daß er sie an keinem Sambstag nimmer wolt suchen / noch niemandt gehellen zu thun / und wo er das bräche / und ihr sein Gelůbdt nicht hielte / daß er sie verliere / und nit mehr sehen wůrd / unnd so er an ihr brůchig wer worden / und er sich besonder versahe / daß sie wol wůßt / daß er an der Eysenen Thůr gewesen wer / und sie ihn auch wol gesehen hett / denn sie kundt im gar wol sagen die Wort / die der Graff von Potiers mit ihm geredt hett / da er ihm saget / daß er sich vermählet hett / unnd also sich dieser Sach begundt eygentlich bedencken und besinnen / da begundt er gar inniglichen erseufftzen / und hett in seinem Hertzen grossen jammer unnd hertzenleyd / unnd klaget sein grossen kummer und hertzenleyd sehr / und begundte zu sprechen: »Ach der elenden stunde / daß ich armer und elender Mann je geborn ward / sol ich nu durch meine untrew verlieren die / die all mein freud / mein auffenthalt / mein kurtzweil und mein trost / und mein zuversicht ist.«

Und vor leyd und jammer zog er sich auß / und legt sich an ein Bett / unnd weynet bitterlich / unnd sprach: »Ach Melusina / sol ich dich verlieren / so wil ich doch durch die Wůste fahren / unnd mich gantz und gar von der Welt thun / und ein Einsidel oder Můnch werden / und mich der Welt nichts annemmen.« Solche klage triebe er den gantzen Tag und die lange Nacht ohn auffhören / biß deß andern Tages / der da war der Sontag / unnd wendet sich jetzt hin / jetzt her / nun auff den Bauch / nu auff den Růcken / nun stunde er auff / nun leget er sich nider / und fůhret also ein klägliche weiß / daß alle die seinen in grossem kummer waren / doch so wußt niemandt / was doch ihm gebrach. In dem so kompt Melusina / unnd entschloß mit einem Schlůssel die Kammer / und gienge hineyn zu Reymunden / und schloß hinder ihr wider zu / und zog sich gar nackendt auß / und leget sich also wider zu ihm an sein Bett / unnd kůsset und umbfieng ihn gar tugendtlich / sie befande auch wol / daß er sehr kalt / unnd vor leyd und unmut ungesundt worden war / denn er war gar verkehrt. Sie sprach zu ihm: »Reymundt allerliebster Gemahel / wie gehabt ihr euch / seyt ihr blöde / oder was gebricht euch / förchtet oder besorget ihr euch / seyt ir kranck / so laßt mich das wissen / so wil ich euch mit der hülffe Gottes wol helffen.« Da nu diß Reymundt erhöret / da ward er fro / unnd gedachte / sie weyß vielleicht nicht umb die untrew / die du ihr beweißt hast. Aber sie wußt es alles wol / wiewol sie nit dergleichen thet / doch thet sie es darumb / daß sie wol wust / daß er noch keinem Menschen darvon nichts gesagt hette / und die Sach ihm selbst behielte / unnd darumb grosse rew hett / doch wuste sie es alles wol / als ihr es hernach hören werdet. Reymundt sprach: »Mich hatte ein Hitz angestossen / als mir etwan das mehr ist geschehen / und ist nu die Hitz zu einem Frost worden.« Sie aber antwortet im und sprach: »Lieber Herr / das laßt euch gantz nicht bekümmern / denn ihr solt deßhalben genesen / mit der hülffe Gottes.« Sie umbfienge und küsset ihn gar sehr lieblich / deß freuwet er sich gar sehr / und ward bald gesundt. Nu laß ich diß stehen / und sage fürbaß / wie es Goffroy mit dem Riesen ergienge / in dem Land Garande. Er ritt hin und her / und fraget menniglich wo der Rieß wer / denn er wolt ihn mit streit bestehen. Also ward er ihm erzeigt / denn er hett sein Wohnung gar auff eim starcken Schloß / und der Rieß ward geheissen Gedeon / ein grosser feindtlicher Volandt. Goffroy der stund von dem Rossz / unnd leget den Harnisch gering[123] an / unnd hatte einen ståhlin Kolben / den hencket er an seinen Sattelbogen / und gürtet das Schwerdt umb sich / und name die Glenen[124] in die Hand / und setzet den Helm auff / und auch seinen Schildt für sich / der gar herrlich unnd köstlich mit Gold war gezieret / unnd ritte so Ritterlich und wolgemut gegen dem Felsen zu / daß menniglich gar wol verstunde / daß er den Riesen nit fast forcht / Er gesegnet alle die in grossem trawren da blieben / und mußten ihn reyten

123. behende. – 124. Lanze.

lassen / Sie aber vernamen von allen Landsherrn und Volck / daß diß sehr ein sorglicher Rieß war / darumb sie all in grossem kummer waren / und sein gar grosse sorg hetten: Goffroy tro̊stet sie / unnd sprach: »Habt keinen unmut / denn mit der hůlff Gottes sol und wil ich den Riesen ernider legen / und gar fro̊lich sieghafft werden / und mit gutem mut wil ich / ob Gott wil / wider zu euch kommen.« Sie sprachen: »Das verleyhe uns und euch die Go̊ttliche Krafft.« Goffroy der ritte hin gegen dem Riesen fro̊lich zu / und darzu mit Mannlichem mut. Vor im lage das Schloß gar hoch auff einem Berge / darauff der Wůterich war / unnd ritte hinzu biß an die Brůcke / und schrey von heller Stimme / und sprach: »Wer bist du / du schåndtlicher Bo̊ßwicht / der du mir mein Land so lange verwůstet / unnd mir und den meinen so viel grosses kummers erzeiget / und zugefůgt hast? Ich wil von hinnen nicht scheiden noch kommen / ich hab mich denn mit der hůlffe Gottes an dir gerochen / und dich uberwunden.« Der Rieß war zu o̊berst im Schloß / der redet herab durch ein Fenster / unnd stieß sein Haupt herauß / das war viel gro̊sser denn eines grossen Rindtskopff / und da er Goffroy mit dem Zan ersahe / da schetzet er in fůr gar nichts / und verachtet in gantz / und nam ihn das groß wunder / daß er einig kam fůr sein Schloß / in zu suchen / doch thet er schnell seinen Harnisch an / und tratt herauß fůr das Schloß / und brachte mit im ein ståhlin Schilt / und drey Eysene Stangen / und drey Håmmer in seinem Busen. Derselbige Rieß war fůnfftzehen Schuh lang / und es verwundert Goffroy fast ab seiner grossen leng / aber er war unverzagt / unnd forcht sich nicht / unnd schrey ihn Mannlich an. Der Rieß Gedeon sprach: »Wer oder von wannen bist du.« Goffroy antwortet ihm / und sprach: »Ich bin Goffroy mit dem Zan / nun wehr dich / denn du must dein Leben allhie lassen.« Gedeon der Rieß antwortet im / unnd sprach: »Du unseliger Mensch / ich schlage dich eins streichs zu todt / und es erbarmet mich dein / denn du noch ein junger Mann / und fast geringe und auch gůtig bist / unnd reyt wider hinweg unbekůmmert.« Goffroy sprach: »Du solt dich meines jungen Lebens nicht erbarmen / aber erbarm dich selbst deß deinen / denn ob es Gott wil / so wirstu bald ein ende nemmen / von meiner scharpffen Wehr.« Diese Rede achtet Gedeon gar lůtzel[125]. Goffroy der schrey ihn aber an / unnd sprach: »Nun wehre dich / als lieb dir dein Leib sey« / unnd reyt darmit hindersich / unnd schluge sein Glenen unter / die da fast starck und groß war / und rennet auff den Riesen zu / was nur das Pferdt erlauffen mocht / unnd traff in auff seine Brust / daß er in gantz zu der Erden stieß / und nider fellet / und fiel so ungestůmmiglich ernider / daß das Erdtrich unter ihm erbidmet[126]. Der Rieß stunde bald wider auff / und ward gar sehr erzůrnet / darumb / daß er gefallen war / von eines Ritters einigen stoß / er zuckt seine ståhlin Stangen / und schlug gegen Goffroy / der jetzundt anderweit begierlich auff in rennet / unnd erlåmt[127] im sein Pferdt / und schlug im beyde fördere Beyn ab / denn er lincks war / daß das Pferdt ernider fiel. Goffroy der sprange bald von seinem Pferdt gar geringe / unnd zucket sein Schwerdt / und lieff den Riesen an / und gab im so ein grossen und Mannlichen schlag / das dem starcken Riesen die Tartschen[128] auß seiner Hand fiel.

Da zucket der starcke Rieß die ståhlin stangen / und schluge Goffroy so gar starck und måchtig auff seinen Helm / das Goffroy schier von dem Thon und Schall deß schlagens enttaubt war. Goffroy der Mannlich Ritter stieß sein Schwerdt wider in die Scheiden / und sprang gering wider zu seinem Pferdt / und zucket da den ståhlen Kolben von dem Sattelbogen / unnd schlug darmit dem Riesen sein ståhlin Stangen auß der Hand. Der Rieß zucket der Håmmer einen / die er in dem Busen trug / und warff von gantzer stårck zu im / und traff ihn / daß im der Kolb auch entfiel. Gedeon bůcket sich nach dem Kolben / Goffroy zucket sein Schwerdt widerumb / und schluge dem Riesen ein Arm von seinem Leib. Gedeon erschrack deß schlags gar sehr / unnd zucket die Stang mit der einen Hand / und

125. wenig. – 126. erbebte. – 127. macht lahm. – 128. kleiner ovaler Schild.

schluge aber zu Goffroy / da wich er im auß dem streich / und der Rieß fiel nider auff ein Knie / da schlug ihn Goffroy mit dem Schwerdt auff das ander Beyn / daß er gar ernider fiel. Gedeon schrey mördtlich / und ruffet seine Götter an / daß sie im zu hülff kämen. Goffroy der zucket aber ein Schlag / und schluge den Riesen auff seinen Helm so starck / daß er ihm den zerspalt / und auch das Haupt. Und also ertödtet Goffroy den ungefügen und starcken Riesen auff dem Plan.

Das XXXIX. Cap.

Wie Goffroy den Riesen Gedeon erschluge / Und er deß Riesen Horn bließ / darumb / daß die seinen zu ihm kämen.

NUN löset Goffroy die Riemen auff / und schlug im das Haupt von seinem Leib / und bließ da sein Horn / da kamen die seinen von dem Schloß in die Matten / da der Rieß und Goffroy eyngetretten waren. Und da sie Goffroy gesundt und wolmôgendt gefunden / wurden sie gar fro / und da sie den ungehewren grossen Mann sahen / das er todt war / da begundten sie sich sehr verwundern / und fragten in / wie er in uberwunden hett. Darzu antwort er ihn / und saget: »Ir môget selbst wol gedencken / wie ich in uberwunden habe / denn ich kundt im nicht entweichen / da er zum ersten an mich kam / darumb so muste ich mein Leben also retten / unnd habe ihn mit der hůlffe Gottes uberwunden / als ir selbst wol sehet.« Nun sie dancketen GOtt mit gantzem Hertzen gar sehr / und giengen wider in die Festen / die groß und starck war / und erschallen die Mâhr in allen Landen / und ward grosse Freude unter allem Volck / daß dieser Rieß todt war / und daß Goffroy den Sieg gewunnen hette.

Zu stund schickt Goffroys Diener einen eygenen Botten gen Favend / unnd schriebe Reymundt diese Ritterliche That. Da nun Reymundt die Mâhr vernam / da warde er zumal fro / deßgleichen Melusina / die gabe dem Botten ein reiches Bottenbrot. Reymund schreib Goffroy ein Brieff mit demselben Botten / und unter anderm schreib er im / das Freymundt sein Bruder in dem Kloster zu Malliers ein Mûnch worden wer. Das schreiben aber mißriehte / denn er umb sein Leib / Ehr unnd Gut / und darzu auch umb sein allerliebstes Gemahel Melusina kam / als ihr hernach hôren werdet. Nu war Goffroy in dem Land Garande / da ihm jung und alt / unnd menniglich grosse Ehre thet / von seiner Mannlichen Ritterschafft wegen. So kompt nun dorther geritten ein eylender Bott / der ihm von frembden Landen Bottschafft und Brieff brachte / darinn er verstunde / daß in dem Land Norhemen / das da ligt in dem Kônigreich Norwegen / da wer gar ein ungehewrer Rieß / der das Land und ire Umbsassen verheeret / und menniglich bekrieget / und baten die Landsherrn alle Goffroy umb Gottes willen / daß er durch seine Mannliche Ritterschafft in so wol thet / und ihn zu hůlff kâm gegen diesem Riesen so wolten sie ihm hulden / und fůr einen natůrlichen Herrn halten. Da nu Goffroy diese Bottschafft in dem Brieff / unnd auch auß dem

Munde deß Botten vernommen hett / da antwortet er dem Botten / und sprach: »Sage ihn / daß ich durch ihres Guts willen / noch umb Land und Leut zu uberkommen / die Sach nicht thun wil / sondern von Barmhertzigkeit wegen / daß die Leut nicht also verheeret noch verderbet werden. Darumb so wil ich mein Leib unnd Leben daran wagen / unnd mit der hůlffe Gottes diesen Riesen bestehen / unnd sie der grossen beschwerung entladen.« Unnd růstet sich Goffroy also gantz zu / und wolte schnell ohn allen auffzug in Norhemen Land fahren / und den Riesen bestehen / denn im sein Hertz / Sinn und mut / allweg auff hohen Preiß / auch Wittwen und Waysen zu beschirmen stundt / unnd darzu alle Unglåubigen zu vertreiben begeren was. Und als er in solchem unmut war / und sich zurichtet / und auff das Meer wil sitzen / so kompt ihm aber ein Bottschafft / durch die er beweget ward / daß er vorhin ein ubele Sach vollbracht / dardurch seinem Vatter und seiner Mutter grosser kummer und viel leyds aufferstunde / als hernach geschrieben stehet.

Das XL. Cap.

Wie Goffroy Bottschafft kame / daß sein Bruder Freymundt ein Můnch wer worden / zu Malliers in dem schőnen Kloster / darumb er gar zornig ward / als ihr hernach denn wol vernemmen unnd hőren werdet.

ALso kam ihm ein Bott mit einem Brieff von seinem Vatter / der hette im geschrieben / daß er und die Melusina sein Mutter von Gnaden deß Allmåchtigen Gottes frisch und wolmőgendt weren / auch daß sie von den andern seinen Brůdern viel Glůcks und Ehre vernåmen / auch so were Freymundt sein jůngster Bruder in ein Geistlichen Orden kommen / und were ein Můnch worden / zu Malliers in dem Kloster. Und also begeret Reymundt sein Vatter in seinem schreiben zu wissen von ihm / was sein fůrnemmen und meynung wer fůrbaß zu thun. Da nun Goffroy verstundt / daß Freymundt sein Bruder in ein Geistlich Leben kommen /

und ein Münch worden war / da ward er vor Zorn bleych und grimmig / und schaumet wie ein wildes Schwein / darumb alle die / die bey im waren / musten vor forcht wegen schweigen / und dorffte niemandt mit ihm reden. Also hube er an / und sprach zorniglich: »Die Schelmischen und bösen Münch zu Malliers / die haben mir meinen Bruder verzaubert / und darzu mit falschen Worten hinderkommen / unnd hindergangen / daß er den Ritterlichen Orden verschmähet hat / und ein loser Münch worden ist / das sol in nimmer mehr wol erschiessen[129] / unnd ich wil jetzundt das Kloster und alle Münch darinnen verderben und verbrennen.« Der Bott von Norhemerland / der denn sein wartet / da er den grimmigen Zorn ersahe / und verstunde / daß er groß ubel vor ihm hett zu vollbringen / als er leyder thet / als ihr hernach hören werdet / der begundt sich sehr zu förchten. Also hube Goffroy an / unnd sprach zu im: »Bott / du solt nicht von hinnen scheiden / sondern hie warten biß ich wider komme / dann als ich hoff / das in kürtz geschehen sol / Denn ich bald herwider an das ende wil kommen / unnd mit dir in Norhemen Land fahren / den Riesen zu bestehen / und den Leuten zu hülff kommen wil.« Der Bott sahe ihn so zornig / daß er nichts anders dorffte sprechen / denn »Herr / ich wil euwer allhie warten / unnd von dannen nicht scheiden / ihr seyt denn vor wider kommen /« Denn Goffroy der war ein zorniger grausamlicher und freysamer Mann / unnd auch zumal sehr starck / und wolmögendt seines Leibs. Goffroy sprach zu seinen Dienern: »Ir solt schnell die Pferdt zubereiten /« Das geschahe. Also saß er auff / und ritt eylendts / unnd saumpt sich nicht lange / biß er gen Malliers zu dem Kloster kam. Das geschahe an einem Dienstag. Der Abt und das gantze Convent giengen im entgegen / und waren seiner zukunfft fro / dieselbige freud aber bald ein ende nam / denn Goffroy war grimmiges zorns voll / und sprach zu dem Abt und ihn allen: »Ir unseligen Münch / warumb habt ihr meinen Bruder also bekehret unnd hinderkommen / das er ein Münch ist worden / und die Edle Rit-

129. von Nutzen sein.

terschafft verleugnet hat / daran habt ir gar sehr unweißlich gethan / und habt euwern Todt erjagt / denn ihr můsset darumb verderben / und euwer Leben darumb geben.« Unnd er begundte gar sehr zornig zu werden / unnd vor grimmigkeit die Zån auff einander beissen. Der Abt und auch die Můnch begundten vor grossen sorgen schwitzen unnd erzittern. Doch antwortet im der Abt / und sprach: »Herr / es ist nicht durch mich geschehen / denn er ist sein selbs måchtig / unnd ist von andacht beweget worden / dardurch er in disen Orden und Kloster kommen ist / unnd ewer Bruder stehet hie gegenwertig / den fraget selbs / ob dem auch also sey / oder nicht.« Freymund hube an / und sprach: »Lieber Bruder / ich sage euch fůrwar / unnd bey meinem Eyd / daß ich niemandts denn allein meinem willen gefolget habe / und meine schuld ist es / daß ich hie zu einem Můnch worden bin / unnd ich habe nichts bessers verstanden / noch zu thun gewußt / Denn ich in dem willen habe / hie fůr euch GOtt zu bitten / fůr meinen Vatter / und fůr meine Mutter / unnd fůr alle meine Brůder / auch fůr alle unsere Vorfahren / und es ist auch meines Vatters guter will gewesen / und auch meiner lieben Mutter.« Goffroy was voll grimmiges Zorns / unnd halff gegen ihm kein redt noch gut / und stunde zu Fuß ab / von seinem Pferdt / und beschloß das Kloster allenthalb / und die Můnch darinnen / und ließ im bringen ein grossen hauffen Heuws / Stroh unnd Holtz / unnd ließ das alles an einen ort deß Klosters auff einen hauff tragen / und gegen dem Wind anstossen mit Feuwer. Die Můnch waren alle in die Kirchen geflohen / dieselbige verbrandte auch gantz und gar / und alle die Můnch / die darinnen waren. Also verdarbe sein leiblicher Bruder mit den andern Můnchen / von Feuwers noth / Jung und Alt / also Jåmmerlich / daß ir keiner darvon mocht kommen / denn sie alle mit einander / wie ir jetzt gehőret habt / gar Jåmmerlichen verdorben / und umbkamen / gantz und gar unverschuld unnd auch unverdienet / Das doch eim solchen wol berůhmbten Ritter zumahl unehrlich was / dardurch seinem Vatter unnd seiner Mutter gar grosser kummer aufferstund / und in ungefell kamen / als ir hernach baß vernemmen werdet / desselbigen ungefells diese that gantz und gar eine ursach was / daß Goffroy das Kloster und die Münch / die darinnen waren / mit einander verbrennet.

Das XLI. Cap.

Wie Goffroy mit dem Zan / das Kloster Malliers genannt / das seine Mutter Melusina hett bawen lassen / nach dem aller köstlichsten / in den grund verbrennet / und auch alle die Münch / so darinnen waren.

WIe nun Goffroy seinen Zorn verrichtet / und seinen bösen willen vollbracht hett / an dem Kloster / und darzu an den München / die er so gar elendiglich thet verbrennen / und verderbet unverschuldter sach / Nemlich / den Abt / und seinen Bruder Freymund / und darzu wol hundert München / Da begundte in sein Missethat und Sünd sehr ubel gereuwen / Dasselbige aber dem Abt unnd den andern München zu spat was.

Also schiede er von dannen / in grossem Leyd und Zorn / schalt und fluchet im selbs / nach dem und in gedaucht / daß er sich gegen Gott / auch den München / unnd dem wirdigen Gotteshauß verwircket hett. Und also hette Goffroy vor grossem leid und unmuht schier verzweifflet an ihm selbs / und ritte gegen dem Land Garande / da er den Botten von Norhemen Land gelassen hett / Der Bott sein da wartet / als im Goffroy befohlen hett.

Da nun der Goffroy kommen sahe / da ward er zumahl froh / und Goffroy wolte je den sachen / die er zu thun zugesagt hett / nicht abstehen / und seinen worten nachkommen / und gnug thun / und rüstet sich nach dem besten / unnd ward von allem Volck desselbigen Lands schön und Ehrlich empfangen / doch bliebe er nicht lang da. Er saß mit dem Botten zu Schiff auff das Meer / und fuhre von Land mit auffgereckten Segel / und hetten nach allem ihrem wundsch unnd gefallen glücklichen guten Windt / und fuhren hin in Norhemer Land. Nun lassen wir diß alles bleiben / und kommen wider an die fördere Histori / wie es mit Reymund und der Melusina ein gestalt gewunnen habe. Reymund der was zu Favent / da er auch gern was / und was auch bey im / die schöne Melusina.

Nun es begabe sich eins mahls / da sie uber dem Tisch sitzen / so kompt ein Botte / der grüsset den Herren und sie / und schwige darnach / denn er seine Bottschafft nicht gern sagen wolt / denn sie nicht frölich / sonder erschrecklich was. Reymund fragt ihn zu stund / was Mähr er brächt. Der Bott verhielte die Bottschafft so lange er mocht / doch zum letzten sprach er: »Herr mein Bottschafft muß ich euch sagen / aber ich thue es nicht gern / Ewer Kind eins / das ist todt.« Reymund antwort / und sprach: »Wie kompt das / welches ists under meinen Kindern /« Er antwortet / und sprach: »Es ist Freymund.« Er fraget den Botten / »seind ihm aber Christliche Recht geschehen / oder nit /« Er antwort / und sprach: »Herr nein / denn keines Christlichen Rechts er bekommen / unnd ist verbrunnen unnd verdorben zu Malliers in dem Kloster / mit den andern München / die auch verbrunnen seyn.« Reymund der sprach: »Lieber Bott / so sage mir gantz / wie doch die Sach ergangen sey / denn ich deß ein wissen wil haben.« Der Bott sagt und erzelet im Goffroy Boßheit und Missethat / die er so frefenlich begangen hett an dem Kloster / an dem Abt / an seinem Bruder Freymund / und an allen andern München / und wie sie in solten verwiesen haben mit listigen worten / daß er zu einem Münch wer worden / und was im der Abt zur antwort gegeben hett / und wie er die Thür gantz verriegelt hett / und mit Holtz / Heuw und Stroh ein grossen hauffen gemacht / und den gegen dem Wind angezündet / und das Kloster und die Münch alle darinnen verbrennet / biß in den grund. Da Reymund diese böse Mähr höret und vername / da saget er zum Botten: »Lieber Bott / gedencke daß du mit der Warheit umbgehest / und kein Unwarheit sagest.« Der Bott antwortet / und sprach: »Herr / Es ist leider viel zu war / denn ich habe die Hofstatt deß armen unnd elenden Klosters gesehen.« Da Reymund diß hőret und vername / da erzűrnet er sehr uber Goffroy / und ward von gantzem seinem Gemůht bewegt. Er saß auff schnell ohn allen verzug / und ritt selbs gen Malliers / da hőret er in dem Landt allenthalben / unnd in den Dőrffern grosse klag deß Klosters halben / das Goffroy also verderbt hett / Er kam auff die Hofstatt / da sahe er / daß das Kloster und alle Műnch darinnen verbrennet waren / da ward er so gar zornig / daß er darnach sein selbst entgelten mußt / als ir hőren werdet. Er dreuwet fast / mőchte ihm Goffroy werden / er műßt auch eines bősen todts sterben. Und saß also in grossem Zorn / wider auff sein Pferdt / und ritte heim gen Favent / und kame dennoch desselbigen Tags dar / unnd da er wider von dem Pferdt stund / da gienge er in ein Kammer / da beschloß er sich / und klagt da sehr sein Hertzenleid / umb das groß ubel / das Goffroy hette an dem Kloster und seinem Bruder / und auch an allen Műnchen begangen / die in dem Kloster waren / und klaget das ubel / das er auch selbs an dem Graffen von Potiers seinem Vettern gethan hette. Wiewol das wider seinen willen geschehen was / und daß er darnach auch ein Meerfein / unnd ein Gespenst Weib genommen hett / und zehen Sőhn von ihr gewonnen / und jetzundt den einen so Jåmmerlich verloren hett / und von seinem eigenem Bruder so gar elendiglich verderbet wer worden / da gedachte er / sol denn Goffroy immer so gut thun / darzu hat er nicht wol angefangen / denn er hat ein grosses Mordtstűck begangen / an seinem leiblichen Bruder / und an viel Geistlichen Műnchen. Und gedacht auch / es ist ein Gespenst umb diß Weib / das mag ich wol beruffen / denn sie sich in dem Bad erzeigt hat / als ein halber Mensch / unnd ein halber Wurm / das doch ein grauwsamliches ansehen was. Als Reymund nun in diesen Gedancken und in grossem unmuht lang wehklagt / da schloß Melusina die Kammerthűr auff / unnd gieng hineyn / und mit ir Ritter und Knecht / Frawen und Jungfrauwen / unnd funden Reymund ligen in seinen Kleidern auff dem Beth. Reymund sahe sein Gemahel kommen. Und er was in so grossem unmut und Zorn / darmit er bekame sein groß Hertzenleid / und ein langwehrendes reuwen darzu / auch ein betrůbtes scheiden / als ir nun hôren werdet. Melusina die Tugendtreiche / und darzu die Hochgeborne hube an / und sprach gantz freundtlich zu ihrem Gemahel: »Reymund / Du solt dich nicht so ubel gehaben / und dich selber betrůben und bekůmmern in sachen / daran du nicht schuldig bist / noch die nit gebessern magst / denn du solt gedůltig seyn in deinem kummer und leiden / und solt es Gott befehlen / der alle ding vollbringet nach seinem willen / unnd dem seinen willen niemandts verkehren mag / der wil nun vielleicht / daß wir diesen Kummer unnd diß Hertzenleid haben / unnd was niemand widerbringen mag / das ist sehr weißlich gethan / daß man das geringe fahren laß / und ob Goffroy gesůndiget und mißgethan hat an dem Gottshauß / das er verbrennt und verderbt hat / gewinnt er recht rew / als ich hoff / so wiß ohn zweiffel / er môge es bůssen / sonder so er reuw unnd leid darůber empfahet / als ich hoffe / er werde es thun / denn Gottes Barmhertzigkeit gar viel und groß ist / unnd begeret nicht deß Sůnders todt / sonder daß er lebe / und sich bekehre.« Melusina die redet vernůnfftig und weißlich / aber Reymund lag da so in grosser grimmigkeit / und so voll Zorns / daß alle vernunfft von ihm schied / und nicht můglich was / daß er ichtes[130] guts reden mocht / als uns auch bezeuget Seneca / da er spricht: Iratus nil nisi criminis loquitur. Der zornige Mensch redet nichts / denn das lâsterlich ist. Er spricht auch fůrbaß: Melius est iram vincere tacendo quam loquendo. Das ist / zu Teutsch also viel gesprochen: Es ist viel besser / den Zorn zu uberwinden mit schweigen / denn mit reden.

Das XLII. Cap.

Wie Reymund in grossem Zorn und grimmigkeit / umb Goffroys Missethat wegen / Melusina vor den Leuten beschemet / wie sie ein Meerwunder wer.

130. irgend etwas.

DEr Hochgeborn Fůrst und Herr Reymund / sahe sein fromme Frauwen grimmiglichen und zorniglich / unnd auch trotzenlich an / und schwiege ein kleine weil still / unnd hube doch an / und sprach vor ihn allen: »O du bôse Schlang unnd schendtlicher Wurm / der Samen noch all dein Geschlecht thut nimmer gut / sihe / was schônen anfang dein Son Goffroy mit dem Zan hat gethan. Er hat sein eygenen leiblichen Bruder Freymund / unnd darzu hundert Můnch mit dem Abt / unnd darzu das schône Kloster verbrennet / unnd låsterlich verderbet / und besonder meinen Sohn / den ich am allerliebsten hette / und ich bin da gewesen / unnd habe es alles mit den Augen selbs gesehen.«

Ach Reymund / wie hastu dich so gantz und gar von aller vernunfft gescheiden / unnd låssest unbescheidenheit in dir so gewaltig regieren / warumb hastu die verargwohnet / der es als leid was / als dir / die dich als gar lieb und so werd hett / und wider dich nie arges thet / und uber solche Gelůbd und Eyd / so du ihr gelobet und geschworen hettest / und sie dir auch / und dir allen iren Handel und Sach gesagt / und ob du ir solch dein Gelůbd und Treuw nicht hieltest / daß du sie verlieren wůrdest. Reymund dein Glůck / dein Selde / und alle deine freud und Ehr / sollen leyder / jetzund ein ende haben.

Da die Melusina solche wort erhôret / da erschracke sie auß dermassen sehr unnd ubel / von grundt ihres Hertzen und Gemůhts / daß sie sich fůrbaß / fůr schrecken und zittern auff ihren Fůssen nicht mehr auffenthalten mochte noch kundte / unnd fiel von stund an vor ihn allen / die da gegenwertig waren / ernider auff die Erden / unnd lage also da bey einer halben stund lang. Die Herren und die Diener erschracken auch auß dermassen sehr / von den worten die sie gehôret hetten / von Reymund irem Herren zu ihr reden / und erschracken / unnd wurden gar sehr bekůmmert / noch viel mehr da sie sahen die Frauwen so gar schnell ernider fallen / unnd sie gantz von ihren kråfften kommen. Sie namen die Frauw / unnd huben sie auff / unnd gossen ihr kalt Wasser under ihr Angesicht / mehr denn fůnffzehen mahl / daß sie doch zu letzt wider zu ihr selber kam.

Das XLIII. Cap.

Wie Melusina vor grosser ohnmacht und betrůbten jammer ernider fiele / und sie darnach wider zu ir selbst kame. Und daß sie darnach mit Reymund irem Gemahel / und mit etlichen Landsherren redte von irem hinscheiden / Auch Horribel ihres Sohns wegen / der drey Augen hett / unnd darnach in einem Keller ersticket ward.

SIE hub gar erbårmlich an / unnd sprach: »Ach Gott / ach Gott / O Reymund / wehe mir / daß ich dich je gesahe mit Augen / wehe mir / daß ich uber deiner schőnen Geberd so viel wolgefallens je gewann / das sol GOtt geklaget seyn / wehe mir / daß ich dich bey dem Brunnen je fande / wehe mir / daß ich deinen stoltzen Leib je empfienge / wehe mir deß elenden tages / daß ich dein Kundtschafft und Liebe jhe gewann / wehe mir der stunde unnd deß Augenblicks / daß ich dich mein je gewaltig macht. Dein grosse verråhterey unnd falschheit / dein falsche Zung / und dein zornige grimmige Rede und verweisen / haben mich so gar in langwerende arbeit / Angst unnd Noth gesetzt / darinn ich seyn und bleiben muß / biß an das ende deß Jůngsten Tags / so Gott uber Lebendige unnd Todten richten wirdt / Du schendlicher ehrloser Schalck und Bősewicht / aller untreuw voll / Du meineydiger und falscher Ritter / wie hast du mir gehalten / wie hast du so lästerlich unnd schendtlich dein Gelůbd / Ehr und Lob ubersehen / noch hett ich mich gelitten in dem / daß du mich im Bad hettest gesehen / wenn du dir es heimlich und verschwiegen hettest behalten / und keinem andern Menschen geoffenbaret / denn alle dieweil es niemandt gewißt hett / so hette es mir nicht geschadt / aber seydther daß du nun selbs geoffenbaret hast / so muß es dir an Leib und Gut / an Glůck unnd an Selde / unnd sonderlich an deinen Ehren mißgehen / das kompt dir von deinem falschen Meineyd / und deine grosse Missethat / die du an mir armen Frauwen so schendtlich hast begangen. Denn hettest du mir dein Gelůbd gehalten und geleist / auffrecht unnd redlich /

so were ich bey dir blieben / so lange / biß Gott uber mich gebotten hett / unnd wer natuͤrlich gestorben / als ein ander Weib / unnd der Erden befohlen worden / und wer meine Seel von meinem Leib gewißlich zu der ewigen freuden kommen / nun so muß mein Leib unnd Seel zu dieser stund hie in leyden unnd pein / bleiben biß an den Juͤngsten Tag / unnd du hast dir selbst erworben / daß dein leyden / kummer und arbeit jetzund anfehet[131] / unnd es wirdt dir ubel unnd mißgehen / unnd dein Landt wirdt nach mir weit vertheilet / unnd nimmer wider zusammen in ein Handt kommen / etliche deines Gesipten[132] Geschlechts / die werden auch unsellig unnd nimmer fried gewinnen. Nun habe fuͤrbaß in acht / denn ich dir fuͤrbaß kein Gesellschafft nimmer leisten mag / das mir doch schwer und leid ist.« Melusina die ungemuht / nam mit trawrigem Gemuͤt drey Landtsherren / unnd fuͤhret die besonder zu Reymund / unnd sprach: »Reymund / an mir ist keines bleibens mehr. Horribel unser Juͤngster Sohn / der drey Augen in die Welt hat bracht / den soltu nicht lebendig lassen / und von stundan nach meinem hinscheiden toͤdten und verderben / unnd ob er lebendig blieb / so moͤcht in dem gantzem Landt zu Potiers vor grossem Krieg / der da wuͤrd / kein Korn oder ander Fruͤcht mehr wachsen / denn er wuͤrde es gantz und gar verwuͤsten / und seine Bruͤder wuͤrde er alle bringen in ein grosse armut / und alle seine Freund / die seines Geschlechts seyn / wuͤrde er alle verderben und verheeren. Aber umb den unmuht / den du hast / darumb / daß Goffroy das Kloster und die Muͤnche verbrennet unnd verderbet hat / solt ihr wissen / daß es GOtt also uber die Muͤnch verhengt hat / von irer grewlichen grossen Suͤnd wegen / unangesehen also / denn sie ir Regel und Observantz nicht gehalten haben / von ergernuß wegen der Leut / als du vor gehoͤrt hast / denn umb eines Suͤnders willen / etwann hundert verderben oder schaden nemmen / und wisse auch / daß Goffroy das Kloster widerumb wirdt lassen bauwen / koͤstlicher und besser denn es vor jhe gewesen / und werden auch mehr Muͤnch

131. anfängt, anhebt. – 132. blutsverwandten.

an der zahl darinn bestettiget unnd versorget / denn jetzund darinnen gewesen seind / unnd er wirdt das Kloster reichlicher begaben / unnd wirdt noch gar viel gutes thun / so er alt wird. Aber eines sage ich dir / ehe daß ich von dir scheiden wil / daß du / unnd die noch uber hundert Jar nach dir kommen / sollen wissen / wenn man mich sihet in der Lufft daher schweben / ob dem schönen Schloß Lusinien / so sol es gewiß seyn / daß desselbigen Jars das Schloß einen andern Herren gewinnen / unnd ob man mich in der Lufft nicht erkennen kan / so wirdt man mich aber bey dem Durstbrunnen sehen / unnd diß geschicht / all dieweil das Schloß also in Ehren unnd Gebåuwen stehet / denn ich meines Tauffnamens auch ein theil daran geleget habe / besondern am Freytag vor / ehe daß der Herr deß hohen schönen Schloß sol geendet werden. Aber daß ich das Schloß sol lassen / und darvon scheiden muß / das nimpt mir all mein freud / unnd bringet mir groß trauwren / doch so muß es seyn / und mag auch anders nicht ergehen / Reymund / da wir zusammen von Angesicht kamen / da funden wir beyde / jhe eines an dem anderen freud / lust und kurtzweil / Ach Gott / das fůget und wil sich nun zu einem grossen leid unnd kummer ziehen / unser freud ist verkehret in groß trauwren / unser stercke unnd krafft ist verkehret in ohnmacht / unser wolgefallen in mißfallen / unser Selde in elend / unser sicherheit in sorg / unser Glůck in ungefell / unser Freyheit in dienstbarkeit.«

Das XLIIII. Cap.

Wie Melusina so jåmmerlich klaget / ir groß ungefell / und hinscheiden / das sie thun můßt. Und wie er sie umb Gnad bat / unnd sie beyde vor Hertzenleid niderfielen.

»DIß kommet alles von Glůcks unfall / wo etwann das Glůck einen erhöcht / und den anderen wider ernidert / aber du hast selber schuldt daran / unnd von deiner grossen unwarheit unnd untreuw wegen / so wirst du dein Hertzenlieb verlieren / unnd umb sie kommen. Nun mage ich jhe lenger nicht bleiben / aber Reymund lieber Freund / GOTT vergebe unnd verzeihe dir deine Missethat / die du an mir begangen hast / denn durch das so leide ich pein / biß an den Jůngsten Tag / deß wer ich durch dich erlőset worden. Ach

GOTt / nun muß ich wider in leiden und kummer / von dannen ich kommen bin.« Da nun Reymund diese klag vermercket / unnd erhőret / unnd der Hochgebornen Fůrstin seines lieben Gemahels hinscheiden begundte zu betrachten / so bedarff niemand fragen / ob er sehr dardurch wůrde betrůbet / ja ohn allen fehle / unnd so sehr und fast / daß es unmůglich zu schreiben unnd zu sagen war / unnd er mocht vor Jammer und Hertzenleid nicht mehr ein wort gesprechen / denn jn gedauchte / daß sein Hertz alle Augenblick vor grossem schmertzen Jammer und Leid / billich brechen solt / daß er auch von GOTT von Hertzen begeret zu sterben. Reymund stunde auff / und gienge zu Melusina mit gar

Jåmmerlicher geberde / unnd umbfienge unnd kůsset sie mit grosser betrůbnuß unnd kůmmernuß / unnd weinet bitterlichen. Unnd vor grossem unaußsprechlichem Hertzenleid / das sie beyde hetten deß scheidens halben / fielen sie beyde nider auff die Erden.

Die Landtsherren unnd Hofdiener / Frauwen und Jungfrauwen / begundten sehr trawren / unnd huben sie beyde wider auff / sie weineten / unnd alles Volck mit ihn. Reymund stund auff unnd fiel fůr sie nider auff das eine Knie / und bate sie gantz fleissiglichen mit gantzem ernst / daß sie ihm verzeihen und vergeben wolt / daß er sich selber so bôßlich versehen / unnd sein Gelůbd uberfahren hett. Melusina antwort ihm / unnd sprach: »Das sol noch mag nicht mehr geseyn / denn es Gott nicht also geordenet hat / und es muß nun also zugehen / denn es uns beyden eben ist / doch lieber Reymund / vergiß deines Sohns Freymunds / aber doch deines Sohns Reymunds / deß wôllest du auch nicht vergessen / denn derselbige sol Graffe werden im Forst / an deines lieben Bruders statt. Auch dencke Dieterichs deines Jůngsten Sohns / der noch an der Ammen ist / denn er zu Portenach unnd zu Rotschelle Herr seyn und werden sol / denn er noch gar ein Mannlicher Ritter werden muß / deßgleichen alle die Sôhne / die von ihm kommen / werden Mannlich unnd starck / kůn unnd berůhmpt Ritter. Lieber Freund / ich bitte dich / daß du GOTT allezeit fůr mich bittest / denn ich auch dein nicht vergessen wil / du solt auch von mir noch viel trosts unnd hůlff zu gewarten seyn / in deinen anligenden nôhten / doch magst du mich hinfůr in einer Weiblicher Natur nicht mehr gesehen.« Melusina die sprange mit ebenen Fůssen in ein Fenster / unnd sahe hinauß / unnd wolt doch nicht von dannen scheiden / ohn urkundt der Landtherren / unnd alles Hofgesinds / als ihr hôren werdet. Nun redet sie fůrbaß zu Reymund / und sprach: »Gesegne dich GOtt mein Hertz / mein Lieb unnd wahrer rechter Freund / Gesegne dich Gott mein holdseliger und mein Hertzliebster Gemahel / Gesegne dich Gott mein kôstliches Kleinot / das ich so gar sůßlich und lieblich geliebt habe / Gesegne dich GOtt du

Edle Creatur / Gesegne dich GOtt mein Wollust und Freud / und was ich in dieser zeit lieb gehabt / Gesegne mir Gott den schönen Edlen und süssen außerwehlten und holdseligen Gemahel / mein allerliebster Bule / und auch mein freudenreicher Mann / Gesegne dich GOtt mein liebster Herr und süsser Hort / Gesegne dich GOtt mein auffenthaltung / mein kurtzweil unnd schimpff / viel mehr / denn zu tausendt malen / Ach Gesegne dich Gott mein allerliebster Trost unnd Hort in meines Hertzen grundt / Gesegne euch Gott alles Volck / Gesegne dich GOTT das Schloß Lusinien / so fein und schön / das ich gemacht und selbst gestifft habe / Gesegne dich GOtt du süsses Seytenspiel / Gesegne dich Gott aller Preiß dieser Welt / Gesegne dich Gott alles / was einer Frauwen wolgefallen mag / Gesegne dich GOtt mein allerliebster Freundt / der mir mein Hertz hat besessen.«

Das XLV. Cap.

Wie Melusina Reymund Gesegnet / unnd alles Volck / und schiede weinend und schreyend hinweg.

ALs nun Melusina diese wort aller vollbrachte / da thete sie vor ihn allen einen sprung / und sprang gegen einem Fenster / unnd schoß also zum Fenster auß / unnd was zur stundt eines Augenblicks / under dem Gürtel widerumb ein feindtlicher ungehewrer langer Wurm worden / deß sie sich alle sehr verwunderten / denn niemandt under ihn allen / sie vormals also gesehen hett / denn allein der Reymund / O der elenden stunde / da er mit ihr zu Krieg kame von Goffroys wegen / als ir gehöret habt. Melusina die schoß durch den Lufft schnelle / unnd umbfuhre das Schloß dreymahl / unnd ließ zu jedem mahl einen grossen schrey / gar zumahl erbärmlichen / unnd schoß also durch den Lufft hin schnell / daß von stundt darnach alles Volck noch niemandt sie mehr gesehen mochten. Reymund der stundt also bey den seinen / unnd was in gar grossem unseligem leid / und grossem qual.

Er schrey unnd weinet bitterlichen / und raufft ihm selber sein Haar auß / unnd flucht gar viel und dick der stunde / darinnen er geboren ward. Unnd da er vor leid so viel gesprechen mocht / da růffet er / und sprach: »Nun Gesegene dich der Allmåchtige GOTt mein scho̊ner Gemahel / meine liebste Freundin / aller Ehren eine Kron / Gesegne dich Gott mein Gelübde und Gesundheit / Gesegne dich GOTt meine sůsse Meisterin / Gesegne dich GOTt mein freud und mein Reichthumb / Gesegne dich GOTT mein Kurtzweil / Gesegne euch Gott aller Schimpff und Schall / Gesegne euch Gott von hohem Preiß / die ich lobe und růhme / Gesegne euch Gott mein Weib und Gemahel / Gesegne euch GOtt mein sůsse Blum / Gesegne euch der Allmåchtige ewige HERr und Heyland Jesus Christus. Nun seind mir alle mein gute tag vergangen / Seydt ich euch nicht mehr gesehen mag / Wehe daß ich je geboren ward.«

Es klagt sich Herr Reymund unmessiglichen fast / daß alle die seinen / und wer das sahe / der muste mit ihm Klagen unnd Weinen. Denn auch sonst umb die Melusina gar grosse Klag was in allen ihren Landen / und darzu auch anders wo / wo man sie erkandt hett / besonder klagt er gar sehr / daß von seiner Missethat unnd Schuldt wegen / er sie verloren hett / und sie nimmermehr bekommen mo̊cht / und satzt das alles so schwer zu Hertzen / daß in darnach nimmermehr kein Mensch fro̊lich sahe / biß an sein ende. Doch so waren allda solche weise redliche Leute / die Tro̊sten unnd Sterckten ihn fast in seinem Kummer unnd Leyd / unnd sagten ihm viel hůbscher unnd scho̊ner Beyspiel / von einem unnd dem andern / so zu der Sach diente / ob sich sein Kummer etwas mo̊chte erleichtern. Also hub nun zu stundt ein Herr under seinen Dienern an / unnd sprach: »Herr / wisset ihr was euch Melusina gerahten hat mit euwerem Sohn Horribel / daß ihr ihn heisset to̊dten / ob ihr anders nicht wo̊ltet / daß alles euwer Landt verderb.« Reymund antwort / und sprach: »Lieben Freund / was sie mir oder euch gerahten hat / oder befohlen / das vollbringet ohn lenger verziehen nach ewerem willen und wolgefallen.«

Reymund der bliebe nicht lang an dem ende / da sie mit ihm redeten / denn er gienge unnd beschloß sich in ein Kammer / unnd fůhret da ein unsegliche Klage / die ich nun zumahl umb der kůrtze willen underwegen laß / unnd darvon nicht mehr schreiben wil. Die Herren unnd die Diener alle / wolten jhe folgen dem Raht / den Melusina gegeben hett / und wolten fůrkommen das groß ubel / so von Horribel ihrem Sohn aufferstehen solte / unnd sie namen den Knaben / unnd legten ihn in einen Keller / und verstopffeten alle Fenster / unnd trugen nasses Heuw und nasses Stroh zu / unnd stiessen das mit Fewer an / und erstickten ihn in eim Keller zu todt / unnd liessen ihn da mit einer Baar zurichten / und bestatten ihn / als ob er von ihm selbs todt wer gewesen / zu der Kirchen / unnd schieden wider von dannen. Da nun diß alles vollbracht was / da was nun Reymund ohn underlaß in grosser klag / Hertzenleid und leyden / umb den verlust seiner lieben Haußfrauwen / unnd fluchet gar viel und dick der stundt / darinn er jhe geboren war / unnd vollbracht ein solch Jammer unnd Hertzenleid / daß es niemandt außsprechen noch schreiben kan. Nun hett er zwey Junge Kindt / die noch beyde an der Brust trancken / unnd ihre eygene Ammen hetten / die sahen gar dick unnd offt / so die Nacht angienge / unnd finster warde / daß Melusina kam in die Kammer / darinn die Kindt lagen / und hube eines nach dem andern auff / Nemlich / Dieterich unnd Reymund / unnd wermet sie gegen dem Feuwer / und seugt sie lieblich / leget sie nider. Diß sahen die Ammen gar offt / unnd dorfften doch vor forcht nicht auffstehen / noch gar kein wort mit ihr reden / doch sagten sie die Geschicht Reymund irem Herren / da war er von Hertzen froh / unnd hôrets zumahl gern / gewann dardurch eine hoffnung / daß er seinen liebsten Gemahel der sachen halben wider bekommen môchte / das aber leider nicht geseyn mocht.

Das XLVI. Cap.

Wie Melusina nach irem hinscheiden / deß Nachts dick wider kam / und ire Kinder seugte / daß es die Ammen sahen.

NUn wuchß das Kindt Dieterich so sehr und fast / daß es eines Monats mehr wuchß / denn kein ander Kindt / das die Leut fast sehr verwunderte / doch meineten etliche / daß es darumb wer / daß ihn seine Mutter selbs seugete. Das laß ich nun bestehen / unnd sage wie Goffroy in dem Land zu Garande / als vorgemeldet ist / zu Schiff gesessen was / unnd fuhr mit dem Botten dahin / so viel und so lang / biß er in das Landt Norhemen kam / unnd zu Landt stieß. Diß erschalle durch das gantz Landt. Die Landtsherren kamen alle sampt zu ihm / und empfiengen ihn schön / und theten ihm grosse Ehr / Unnd also erzehlet ihm der Landherren einer / der ein mächtiger Herr was / die grauwsamliche that / so der Rieß täglich vollbrächte / unnd so manchen stoltzen Ritter umbbrächte / besonder eines einigen Tages / unnd auff einmahl wol hundert Ritter deß Landts erschlagen / unnd darzu auch gar viel deß gemeinen Volckes mehr denn tausendt hett erschlagen / unnd das Landt alles gantz und gar verwůstet / beraubet und verheeret. Goffroy sprach: »Es ist nicht ein Mensche / sonder ein rechter Teuffel / doch ist es daß ich ihn finde / so hoffe ich ihn mit der hůlff GOTtes wol zu uberwinden / und umbzubringen. Darumb ich auch also herkommen bin / denn ich von seinem grossen frefel unnd gewalt viel habe hőren sagen / und hoffe mit der hůlff deß der alle ding vermag / euch von dem greuwlichen Riesen zu erlősen / unnd wil auch der sachen bald ein ende geben / gedencket allein daß ich ein Kundtmann habe / der mich schnell zu ihm weiß. Die Landtsherren gaben ihm schnell ein Kundtmann zu / demselbigen das gantze Landt / unnd die gegend unnd wohnung deß Riesen wol kundt was. Goffroy der wolt jetzt kurtz end geben / unnd schiede mit urlaub von allen Landtsherren / und auch den seinen / und ritte gegen dem Berg hin / darauff der Rieß deß mehrern theils / unnd offt sein wohnung hett gehabt / der Kundtmann sprach: »Herr auff diesem Berg / und in dieser gegendt / hat er sein wohnung.« Da sie nun zu dem Berge kamen / unnd hinauff ritten / so kommet der Kundtmann auff einen Felsen / unnd kehret sich / und sahe umb sich / so sihet er dort under einem gar mächtigen grossen Felsen / den grossen Volland unnd grauwsamlichen Riesen sitzen / under einem Baum / bey einem Marmelstein. Da das der Kundtmann ersahe / daß der groß Rieß so nahe bey ihnen was / von grosser forcht begundt er schwitzen unnd zittern. Der Kundtmann entrőht sein farb ohn underlaß / das ward Goffroy gewar / und wußte nicht von dem Riesen / noch daß ihn der Kundtmann ersehen hett. Doch verstund er darbey / daß der Kundtmann den Riesen gesehen hett / oder aber / daß er nahend bey ihm wer. Da hube Goffroy an / unnd sprach lachend zu dem Kundtmann: »Lieber Freund / főrcht dich nicht / unnd biß Mannlich / ich bin der dir und viel andern Leuten zu statt sol kommen / mit der GOTtes hůlff.« Der Kundtmann antwortet / unnd sprach: »Herr ich bin euch zugeben zu einem Kundtmann / daß ich euch zu dem Riesen führen sol / den zeige ich euch an dieser statt« / unnd also zeiget er ihm den ungeheuweren Riesen dort sitzen under einem grossen gewaltigen schönen grünen Baum / bey einem Marmelstein / als auch vor gemeldet ist. Unnd sprach zu dem Goffroy: »Lieber Herr / GOtt der gebe euch krafft und stercke / nun habt hinfür euwer selbst acht / das mag euch wol erschiessen / und mit ewerem willen / begere ich urlaub zu haben / und auch von euch zu scheiden / denn ich nicht neme allen den Schatz von Gold und Silber / so die gantze Welt hat und vermag / daß ich fürbaß mit euch an den Berg ritte / seydt ich euch den Riesen gezeigt habe.« Diser Rieß was genannt Grymold / der sahe nun / daß diese zween den Berg auffritten. Unnd da er sie ersahe / daß sie zu ihm nahen wolten / da bliebe er still sitzen / unnd wolte acht haben / was auß diesen Sachen würde / und ob sie im nahen und in bestehen wolten. Goffroy sprach zu dem Kundtmann: Unnd bate in lachende / daß er nicht also von ihm schiede / und ein kleine weil da bliebe / und irem Fechten zusehen wolte / denn er versehe sich / daß er gar bald in kurtzer zeit sehen würde / welche under ihn beyden der beste were. Der Kundmann antwortet / und sprach: »Was habe ich mit ewerm Fechten zu schaffen / ich wil von euch widerumb heim reiten / ich habe vollbracht das mir befohlen ist.« Goffroy sprach aber lachend zu im: »Lieber Freund / laß dich nicht so verlangen / und halt ein kleine weil still an dieser statt / denn du wirst gar in kürtz sehen / wie es sich wirdt machen / als denn so kehre wider sehr zu meinem Volck / daß du in gesagen künst / wie es umb alle dise Sach / und auch umb unser Fechten ein gestalt habe / wer oben oder unden lige.« Der Kundtmann antwort / unnd sprach: »Herr / ich darff euchs nicht versagen / was ihr mir gebietet / Aber ich begere daß ir kurtz end gebt / Denn ich besorge deß Riesen auß dermassen sehr und fast. Denn mich bedünckt / daß er kein Mensch sey / sonder ein grauwsamlicher Teuffel / denn ob ihr ihn erkennet / ihr waget ewern Jungen Leib nicht so thörlichen an den grossen ungeheweren Wüterich.«

Goffroy der antwort / und sprach: »Nicht sorge darumb / denn der Rieß sol / ob mir das GOtt anders gônnen wil / noch gar kurtz bey leben bleiben / sondern von mir erschlagen werden.« Doch gewann unnd begegnet Goffroy von dem ungeheuweren Riesen dennoch lastes viel und gnug / und auch mercklicher schaden / als ihr hernach hôren werdet. Denn Grymold der Rieß / als vor gemeldet ist / mehr denn tausendt auß demselbigen Land erschlagen / und umbbracht hette.

Das XLVII. Cap.

Wie Goffroy zu dem Riesen kam / in dem Norhemen Land / durch einen seiner Kundtmann / der im zu geben was.

GOffroy der schiede nun von dem Kundtmann / unnd kam an den Berg / Da sicht ihn Grymold einig den Berg gegen ihm auffreihten / unnd verwundert ihn sehr / daß ein einig Mann sich deß solt / oder wolt understehen / Doch gedachte er / es ist vielleicht ein underredener zwischen dir und dem Landt / und stund auff / unnd gienge gegen im an den Berg in ein schône Matten / unnd name in seine Hand ein gar grosse lange Stangen von Maßholdern Holtz / die er so geringe umbkehret in seiner Handt / als ein Junges Knâblein ein geringes Stâblein kehren mocht. Da er nun zu Goffroy nahen kam / daß er ihn wol hôren môchte / da schrey der Rieß Goffroy an / und sprach: »Wer oder von wannen bist du / daß du so frefenlich und mit gewalt gegen mir reittest / was ist dein gewerbe / das du hie bey mir suchest?« Goffroy antwortet / und sprach: »Du grosser Voland / unnd ein Knecht deß Teuffels / Ich sol noch wil fûrbaß nichts mit dir thedingen[132a] / denn ich dich mit der Gottes hûlff bestehen / und dir auch noch heut unnd jetzundt gar bald deinen Kopff von deinem Leib hauwen unnd schneiden wil. Nun wehre dich Rieß / denn es ist an der zeit.« Der Rieß sprach mit Gespôtt: »Lieber Herr / seydt mir nicht ungnâdig / lasset mich doch bey dem Leben bleiben / unnd nemmet mich gefangen / unnd schâtzet mich umb Gut / auff daß ich den

132a. verhandeln.

Leib behalten môge.« Goffroy verstunde und mercket wol / daß er in in Gespôtts weise empfangen / und sprach: »Du grosser Hundt / du solt noch heut unnd gar bald deines Gespôtts / als ich dann auch zu GOtt hoffe / entgelten« / und darmit zucket er seinen Schildt gar nahe zu ihm / und ritte mit seiner Glenen auff den Riesen so gar schnell unnd begierlich / unnd traff ihn auff seine Brust / unnd were er nicht also gewapnet gewesen / mit seinem Ståhlen Harnisch / So were er von Goffroy durchrennet worden. Doch gabe er ihm einen solchen harten starcken stoß / daß er ihn nider auff die Erden rennet und stieß / daß ihm die Bein gegen dem Himmel auffstunden / und also sprange er gering widerumb auff / und befunde wol / daß ihm ein harter stoß worden was. Da diß Goffroy ersahe / da sprange er auch schnell von seinem Pferdt / denn er besorget / er schlůge im sein Pferdt zu todt / darmit er auch verdůrbe. Unnd da der Rieß Goffroy wol beschauwet / da verwundert in der sterck / so er an Goffroy befand / und sprach zu ihm: »Ich weiß nicht wer / oder von wannen du bist / Du hast mir einen so starcken stoß gegeben / daß ich die Fůß gegen dem Himmel auffkehret habe / unnd ich beger von dir / seyest du ein frommer Ritter / daß du mir deinen Namen nennest / und nicht verhehlest.« Goffroy antwortet / unnd sprach: »Ich bin genannt Goffroy mit dem grossen Zan / unnd bin gar fernn unnd weit erkandt.« Da antwort der Rieß / unnd sprach: »Von dir hab ich viel hôren sagen / unnd auch vernommen / unnd bist auch der / der meinen Ohem Gedeon / den Riesen von Garande / hat erschlagen / unnd du bist auch darumb hieher gekommen / daß dir der Sold werde / den wil ich dir gar bald geben / unnd dir deß auch dancken / und ich sol es an dir rechen fůrderlichen.« Goffroy antwortet / unnd sprach: »Etlicher vermeinet seinen schaden zu rechen / und mehret sein unglůck.« Der Rieß befande noch deß grossen stosses / so ihm Goffroy geben hett / und zucket sein Stangen / und schlug gegen Goffroys rechte Handt / denn der Rieß linck was / Unnd hoffet ihn wol zu erreichen / Goffroy der was wol môgendt / unnd fast gering /

unnd sprang ihm auß dem streich gar bald unnd schnell. Der Rieß hette einen ungefůgten streich gezogen / Daß er mit der Stangen eines Schuchs tieff in einen Felsen schluge. Goffroy zuckt einen streich mit seinem Schwerdt / und hiebe den Riesen durch sein Ståhlen Harnisch / daß die Ring allenthalben darvon fielen / und daß ihm auch das rohte Blut durch seinen Harnisch abwerts flosse. Der Rieß ward auß dermassen zornig / unnd lieffe aber Goffroy an / unnd zucket einen gar måchtigen streich mit der Stangen / daß / ob ihm Goffroy were bestanden / so hette er ihn desselbigen streichs zu todt geschlagen. Goffroy wußte deß Riesen grosse stercke wol / unnd sprange ihm aber auß dem streich. Unnd der Rieß schluge abermahls einen so ungefůgten streich zu Goffroy / daß er mehr denn dreyer Schuch tieff in einen harten Felsen schlug / daß ihm von dem streich der Arm gar sehr erschůttet / unnd spielt[133] ihm die Stangen / und brach in der mitt entzwey / deß was Goffroy zumahl froh / unnd dancket deß GOTT von gantzem Hertzen. Goffroy sprange aber gegen dem Riesen / und zuckte so gar einen starcken schlag mit seinem guten Schwerdt / unnd schluge den Riesen so starck auff seinen Helm / daß er in von dem streich sehr betaubet hette. Der Rieß was nun Wehrloß worden / und zucket sein Faust / unnd schluge Goffroy auff seinen Helm so hart / daß er den streich kaum bestunde / unnd darvon gar nahend nider gefallen was / auff die liebe Erden / unnd von dem starcken streich dem Riesen seine Hůfft gar sehr geschwallen. Goffroy der zucket aber ein gar starcken schlag / daran er alle seine stercke leget unnd gebrauchet / unnd schluge den Riesen auff die eine Achsseln / daß er ihn durch sein Pantzer unnd guten Harnisch versehret / unnd ihn zumahl tieff verwundet / daß ihm das rohte Blut biß uber sein Fůsse flosse. Da der Rieß diß befande unnd merckt / unnd selbs sahe das Blut von ihm fliessen / da begundt er seinen Gôttern Margott[134] / Tanagolt[135] und Jupiter sehr zu flu-

133. zerspaltete. – 134. Couldrette: Mahom (v. 4649), Mahomet = Mohammed, galt im Mittelalter als heidnischer Gott. – 135. Couldrette: Tervogant (v. 4649), Terragant, Heidengott.

chen / Darumb / daß sie im nicht zu hůlff mochten kommen / darinnen er doch betrogen ward / denn sie im nimmer zu hůlff mochten kommen / denn ihn selbs. Der Rieß sprange zu Goffroy / und begriff in zu ringen umb seinen Leib / deßgleichen thet ihm auch Goffroy / unnd rungen beyde so Mannlich unnd starck / daß ihn beyden begundt Athems zerrinnen. Da begundten dem Riesen seine wunden sehr zu schmertzen / unnd ward ohnmåchtig. Also da brach sich Goffroy von ihm / unnd kam wider zu seinem Schwerdt / damit er in fůrbaß verwund dürch ein Hůfft / daß er zumal sehr begund zu bluten und verzagen. Also ward der Rieß sigloß / und kehrt sich doch schnell von Goffroy / unnd gab mit schanden die flucht in den Felsen.

Das XLVIII. Cap.

Wie Goffroy mit dem grauwsamen ungefůgten Riesen streit / unnd den Sieg gegen im gewann / und wie der Rieß so låsterlich unnd bößlich die flucht mit schanden gab in einen holen Felsen / daß ihn Goffroy nicht gar zu todt schluge.

DEr Rieß sprang hinder den Felsen undersich / als in einen Keller in ein finster Loch. Und da ihn Goffroy nicht erlauffen noch erfolgen kundt / da saß er wider zu Rossz / unnd ritt hin zu seinem Kundtmann / der dort unden an dem Berge in grossen sorgen hette gehalten / unnd derselbige ward seiner zukunfft von Hertzen froh / Und Goffroy erzehlet ihm die Sach gantz / und wie im nun der Rieß also siegloß entlauffen / unnd in den Felsen entrunnen were / und Goffroy was sein guter Helm gar sehr zerschlagen / unnd waren darinnen grosse Beulen gemachet / unnd sein Harnisch sehr zerrissen / unnd verstunde der Kundtmann darbey / daß Goffroy gar ein Mannlicher unnd kůner Ritter / unnd darzu in grosser arbeit gewesen was. Da sie nun in diesen worten waren / da kamen viel der Landtherren / unnd darzu auch Goffroys Volck / unnd waren deß Siegs auß dermassen fro von gantzem Hertzen / aber da sie hörten / daß der Rieß noch im leben / und ihm also siegloß entrunnen was / in den Felsen / Da besorgeten sie / der Rieß kåme seiner Wunden wider / ob in Goffroy nicht gantz er-

tödtet / und fragten / ob ihn der Rieß etwas gefragt hette / wer / oder von wannen er wer. Da antwort Goffroy / und sprach: »Ja sicher / er hat mich gefragt eygentlich / wer / oder von wannen ich sey / und hat mich gedaucht / daß ich ihm das billich solte und mochte sagen / und habe im auch das gantz und gar gesagt.« Der Landherren einer der sprach: »Herr / ir sollet sicher seyn / daß der Rieß nicht widerumb herauß zu uns kommet / dieweil nun ihr gegenwertig seydt / denn er weiß gewißlich / daß ihr ihn ertödtet / denn es ist im alles vor geweissaget.« Goffroy der schwure aber bey der Heyligen Dreyfaltigkeit / daß er von den Landen nicht kommen wolte / er finde denn zuvor den Riesen / und ertödte ihn gar. Der Landtsherren einer sprach: »Herr / in dem hohen tieffen Berge ist gar viel Gespenst / unnd frembder seltzamer dinge. Denn der Kônig Helmas von Albanie / der warde von dreyen seinen Tôchtern verschlossen / unnd er mußte darinnen biß an sein ende bleiben. Darumb / daß er Persine seinen Ehelichen Gemahel in dem Kindbeth hette besucht / und ihr geschworen unnd versprochen hette / daß er sie in dem Kindbeth nicht besuchen / noch ir wesen erfahren wolte / Aber Persine die Kônigin gewunne drey Tôchter bey dem Hochgebornen Kônig Helmas vorgenannt / und hette ir der Kônig hoch unnd theuwer geschworen / daß er sie anders / denn er geschworen hette / nimmer ersuchen wôlle. Er hielte aber die Gelûbde nicht / dardurch seine Fraw mit ihren Tôchtern von im kamen / Und beschlossen die drey Tôchter ihren lieben Vatter / unnd es mag doch niemand erfahren / wohin die Mutter oder die Tôchter je kommen seind. Und Helmas der Durchleuchtig unnd Hochgeboren Kônig ist unser Herr gewesen in diesem Landt / doch ist jhe seydther seinen zeiten ein Rieß hie gewesen / der hat dieses Bergs allezeit gehûtet / und ist das der fûnffte oder der sechste Rieß / die diß Land gantz verwûstet und verheeret haben / biß auff euwer zukunfft / so hat er / und die seine Vorfahren gewesen seind / menniglich so sie erlangen mochten / ertôdtet / Und der nun zumahl unser Kônig ist / mochte uns nicht vor ihm gefrißten[136] / unnd hat uns also ubergeben / darumb wir auch gantz in seiner Handt / und auch seiner Vordern gewalt gestanden seind. Seydther unser Hochgeborner und Durchleuchtigster Kônig Helmas also in dem Felsen uns allen zu grossem ungefall beschlossen ward / biß auff euwer gegenwertige zukunfft / das uns / als wir hoffen von Gott / zu trost geschehen sey.« Da nun Goffroy die frembde Mâhr gehôret und vername / da redet er / unnd schwur deß theuwer unnd hoch / vor allen denen / die da waren / daß er von dannen / noch von dem Lande nicht kommen wolte / biß der Rieß von seiner Handt todt lege. Da nun die rede vergienge / unnd auch die Nacht herzu nahete / da ritten sie zu Herberg / und mit in Goffroy.

136. beschützen.

Das XLIX. Cap.

Wie Goffroy den Riesen im Felsen suchet.

DES Morgens fast frůhe / macht sich Goffroy auff / und wolte jhe den angefangnen Sachen ende unnd außtrag geben / Und den Riesen umbbringen / oder wolte darumb nicht leben / Unnd da er sich gerůst hette / da saß er auff sein Rosz / unnd ritte da gegen dem Berge ohn sorge / unnd ohn alle forcht deß Risen / unnd kame auff dem Berg an den Felsen / dareyn im der grauwsamlich und Teuffelisch Rieß entrunnen was.

Da suchet er das Loch so lang und viel / biß daß ers fand / und sprange gering von seinem Pferdt / und name sein Glenen / und stůrtzet die undersich in das finstere Loch / und sprach: »Nun wolan / ich weiß / daß der Rieß hierinnen ist / unnd es haben auch die drey Tŏchter deß Durchleuchtigen und Hochgebornen Kŏnigs Helmas / denselbigen Kŏnig iren Vatter hierinnen beschlossen / das ein frembde und seltzame Abenthewer ist. Nun habe ich geschworen / und wil noch von diesem Land nicht kommen / er sey denn zuvor von meiner Hand gantz uberwunden unnd ertŏdtet. Darumb verleyhe mir auch die Gŏttliche krafft / glůck und heyl. Ich wil je in dem namen Gottes / und umb deß Christlichen glaubens willen / den Riesen fůrbaß suchen / der doch ein Heyd unnd unglaubig war / als ich das in seinen nŏten verstunde.« Die Landtsherrn baten Gott umb glůck und heyl zu geben / und befahlen ihn Gott. Goffroy der thete ein Creutz fůr sich / unnd ließ sich an seiner Glenen untersich / in den finstern und ungehewren Felsen / und da er nu hinab kam / da nam er sein Glenen bey dem einen ende / Eysens halben / unnd suchte allenthalben / ob er mŏchte den Riesen finden. Und gieng fůrbaß weit unnd breit / da fande er einen schein deß tags / da nam er sein glenen fůr sich / und tastete mit der glenen / biß das er ein schŏne Kammer fand / die in den Felsen gehauwen war / und nicht mehr denn ein Thůr hette / und also beschawet er die Kammer / und den

Reichthumb / so darinnen war / denn die Kammer war wol gezieret / mit Gold und Edlem gestein / gar auß dermassen wol / unnd meisterlich geordnet / und es war in der mitte derselbigen Kammer ein erhaben Grab / das stund auff sechs gůlden Pfeilern / und dieselbigen Pfeiler waren von feinem Goldt / unnd war darzu das Grab gar von kôstlichem Gesteine reichlich gezieret / denn der Edelgestein auch gar viel wuchsen in demselbigen Berg.

Das L. Cap.

Wie Goffroy der starcke unnd Mannliche Ritter / seines Großvatters unnd Großmutter / oder Anherrn und Anfrawen Bildnuß gehawen fand / in dem Berg Awelon.

ES war auch auff dem erhabenen kôstbarlichen und schônen Grab gehawen / von Calcedonien[137] / ein Kônig gewapnet und gekrônet also ligende / und war darbey zu desselbigen Kôniges Fůssen ein gehauwen Frauwenbild / das hatte ein Tåfelin in den Hånden / darinnen stund geschrieben. Dieses ist der Durchleuchtig und großmåchtige Kônig Helmas / mein allerliebster Gemahel / der allhie begraben ligt. Und er war Kônig unnd Herr zu Albanie dem Kônigreich / der hatte mir geschworn / da er mich zu einem Weib nam / das er sein lebtag die zeit und weil / so ich in dem Kindtbett lege / mich nimmer besuchen / besehen / noch niemandt gestatten zu thun / oder befehlen / in der zeit kein wissen haben / noch durch niemandt anders erfahren wolte. Und weil er mir nun diß nicht gehalten / und seinen Eydt unnd gelůbde ubersehen hat / so hat er mich auch verloren / unnd desselbigen Jars gewann ich in einer geburt drey Tôchter / die alle schôn und wolgestallt gewesen seindt / unnd also schiede ich von ihm / unnd fůhrt meine Tôchter mit mir dahin / unnd es wuste mein Gemahel noch niemandt nicht / wo ich oder die Tôchter je hin kamen / und also habe ich die-

137. Edelstein (Achat).

selbigen drey Töchter selbst erzogen / und an meinen Brüsten geseuget. Unnd da ich sie nu erzoge / und sie erwuchsen und fünfftzehen Jar alt wurden / Da hab ich ihn gesagt die untrew / so ihr Vatter / mein Gemahel / der König von Albanie / so allhie gegenwertig ligt / mir thete in Awelon / da das gespenst ist / Da ich meinen Töchtern diß gesagt / da warde Melusina / die jüngste unter den dreyen Töchtern / also sehr erzürnet / unnd sprach: Mutter / ich wil dich an meinem Vatter / umb diese Missethat rechen / und also wurden ire zwo Schwestern auch darzu mittheilig / und vereinigten sich deß / daß sie der Sachen halben wolten Rach thun an ihrem Vatter / und also haben sie iren Vatter in den Felsen beschlossen. Und da er gestarbe / da bestättiget ich in unter diesen Stein / so allhie gegenwertig stehet / und ich ließ im dieses Grab also machen / und darauff seine gestallt hauwen / darumb das die / so diese Tafel ansehen oder lesen / sein eyngedenck werden / denn dareyn da hat kein Mensch mögen kommen / es were denn auch desselbigen geschlechts / von mir oder von meinen Töchtern herkommen / unnd den Riesen hab ich auch / seyd das mein Gemahel der König herkam / dargeleget / daß er dieser Abenthewer gehütet hat / daß niemandt darzu käme / der nicht von unserm geschlecht were. Nun habe ich meinen Töchtern gegeben drey Gabe / Nemlich / Melusina der jüngsten / die gar weiß und wol erfahren war / das sie sol werden alle Sambstag / von dem Nabel hinab / eine Schlang oder Wurm / und welcher sie zu eim Weib nemmen würd / der ir füglich wer / ir da schweren und geloben solt / das er an keinem Sambstag sie nimmer ersuchen / noch ir nachfragen / sondern sie unbekümmert / und denselbigen tag gantz frey lassen sol / und sie auch auff diesen tag nit sehen / noch diese geheyme niemandt sagen solt / und ob er also thete und hielt / daß sie denn lebt alle ir tag / und zu letzt stürbe / als ein ander tödtlicher Mensch. Die andere Tochter hieß Meliora / gar ein schöne Jungfraw / der habe ich ein Gab geben deß Gespensts / die ist also gestallt / Nemlich / daß sie alle ir lebtag sol hüten eines grosses und starcken Schlosses in dem Königreich Armenia gelegen / auff einem hohen Berg / und sol haben ein Sperber bey ir / und wer diese Abentheuwer gewinnen wil / der muß dem Sperber wachen drey Nacht und drey Tage / on alles schlaffen / und darumb / welcher Ritter das vollbringen môchte / der môchte denn eins fordern von ir / doch also / daß er iren Leib noch sie nicht fordert / und daß kein Ritter auch da nicht wachen sol / denn der von hoher geburt kommen were.

Und welcher Ritter sich der Abentheuwer unterwůnde / oder unterstůnde / und die Abentheuwer gewinne / dem wirdt ein Gab von zeitlichen dingen was er fordert / außgenommen die Jungfrauwen / welcher aber sein selbst mißhůtet / und in den dreyen Tagen und Nåchten wenig / oder zu viel entschlieffe / daß er denn alle sein lebtag / und ewiglich da bliebe / biß an den Jůngsten Tag / bey Meliora meiner Tochter / als ein gefangner Ritter. Die dritt Tochter war genannt Palentina / die åltest / der hab ich gegeben / daß sie in dem Kônigreich Arragon auff einem hohen Berg / der hiesse Rottnische / hůten solt ihres Vatters Schatz / biß auff diese zeit / daß einer unsers geschlechts kompt / der mit gewalt den Berg und den Schatz gewinne / und mit demselben Schatz das gelobt Land / das ist / das heylige Grab und Hierusalem gewinnet. Und ich bin geheissen Persina / und bin der dreyen Tôchter Mutter gewesen / unnd ich gabe ihn diese Gab / darumb / daß sie sich an ihrem Vatter / von seiner Thorheit wegen / die er dazumal an mir begienge / so schwerlich recheten / und ihn beschlossen in einen Berg / unnd biß an sein end darinnen gefangen hielten / denn wiewol er sich an mir ubergriffen hett / dennoch war ich im von Hertzen sehr gůnstig / daß ich die Rach / die mein Tôchter vorgenennet von meinetwegen an ihm begiengen / nit wolt noch mochte ungerochen lassen.

Goffroy / da er nun diese Tafel gelaß / da kundt er sich der seltzamen dinge und Abentheuwer nicht genug verwundern / unnd verstundt und merckte wol / daß Melusina seine rechte natůrliche und leibliche Mutter gewesen war / und der Kônig Helmas sein Altvatter / unnd Persina seine Altmutter / doch so war Goffroy noch etwas in zweiffel / was diß were / oder ob er gewißlich deß Geschlechts were / denn sein Hertz nur in mut stunde / daß er den Riesen fūnde / umb deß willen er auch sich sorglich in die Finsternuß deß Felsen gewaget. Goffroy der suchet den Riesen allenthalben / und luget oben und unden / wo er ihn fånde / unnd gieng auß der Kammer herauß / unnd kam auff ein grosse weite / unnd zoge uber das Feldt hin / unnd sahe einen grossen vierecketen unnd hohen Thurn / gegen dem zohe er hin / und truge sein Glenen uber die Achssel / unnd gienge in dasselbige Schloß / das allenthalben offen stunde / und sahe in dem hineyn gehen ein Gefengnuß unter einem grossen Gebew / darinn gar mancher Mann gefangen lage / und also verwunderten sich die gefangenen alle ab seiner zukunfft zumal sehr und fast / unnd es sprach der Gefangnen einer: »Herr / ihr solt euch gar bald hinweg heben / daß euch der Rieß nicht sehe / oder verberget euch in die Hôle / auff daß euch der Rieß nit finde / denn fūnde euch der ungefūgte Rieß / so mūstet ihr euwer Leben verlieren / unnd von dem Riesen erschlagen werden.« Goffroy begundte zu lachen und sprach: »Wo ist der Rieß? Denn ich wolt mich gern mit im schlagen.« Da sprach der gefangenen einer: »Ihr werdet in gar bald sehen / und ich versihe mich / ihr suchet Streich / die euch gar bald widerfahren / denn ob er euch ersicht / so mūst ihr on alle Gnad sterben / denn er gar ungeheuwer / und auß dermassen groß / starck unnd lang ist.« Goffroy antwortet / und sprach: »Ihr solt niemandts denn euwer selbst fôrchten / unnd meiner gantz ohn sorge seyn / denn es ligt allein an mir / unnd hat die Sach niemand unterstanden denn ich / und hoffe mit der hūlff Gottes ein gut ende zu geben / gar bald und schnell.« Unter diesen Worten so kompt der Rieß / und mercket / daß ihn Goffroy suchet / und were gern wider geflohen / hette er gewust wohin / unnd flohe in ein Kammer / und zoge die Thūr nach ihm zu / gar behendt. Goffroy ersahe ihn / unnd sprang ihm schnell nach / und tratt starck wider die Thūr / das sie zu kleinen stūcken zerspielt / wie sehr sie innwendig verriegelt unnd versperret war. Der Rieß hatte ein grossen gevierdten ståhlin Hammer / und schlug in auff seinen Helm gar ein starcken schlag / unnd ob sein Helm nicht also starck gewesen were / so hette er ihn desselbigen schlags zu todt erschlagen / er begundte auch von demselbigen streich unnd schlag gar sehr tauben / unnd erschracke auch auß dermassen sehr / und sprach zu dem Riesen: »Du hast mein je nicht gefehlet / und ich wil dir das wider gelten / ob ich anders kan« / und zeucht sein Schwerdt auß / unnd fůhret so ein starcken und grimmigen Stich / und durchstach ihn in seinem Harnisch durch und durch / daß er nider zu der Erden fiel.

Das LI. Cap.

Wie Goffroy den Riesen ertődtet / und die gefangenen erlőßt im Berg Awelon.

DEr Rieß ließ ein feindtseligen schrey / deß sich der Thurn erbidmet / unnd erschůtt / unnd war auch darmit schnell todt / Da stieß Goffroy sein Schwerdt bald wider eyn / unnd kame widerumb herab auß dem Thurn zu den Gefangenen / und fraget sie / ob sie auß dem Land Norhemen geboren weren. Sie sprachen: »Ja lieber Herr.« Also fraget er sie / warumb sie da gefangen legen? Einer antwort / unnd sprach: »Umb Schatzung wegen unnd der Tribut / die wir dem Riesen schuldig seyn.« Goffroy sprach: »So lobet Gott / das er euch durch sein grundtlose barmhertzigkeit zu dieser gegenwertigen stunde also durch mich erlőßt hat / denn ich auch den unglaubigen Heydnischen unnd ungehewren Riesen jetzundt in dieser stundt mit der hůlffe Gottes / unnd mit meiner Hand erschlagen und ertődtet habe / darmit ir auß seinem Buch außgetilget / und ledig worden seyt.« Die Gefangenen wurden der guten Måhr fro / von grundt ires Hertzen / und lobten GOtt / und baten ihn sehr fast / daß ihm Gott solchen grossen Sieg hette geben / daß er den Riesen erschlagen hette / daß er ihn denn auch hůlff / daß sie auß der Gefengnuß kåmen. Goffroy sprach: »Das thu ich gern / wo sol ich aber die Schlůssel finden.« Sie antworten und sprachen: »Das kőnnen wir euch nicht sagen / denn wir wissens nicht.«

Also suchet er so lang allenthalben / biß er sie fande. Da schloß er die Gefengnuß auff / unnd ließ die gefangenen darauß / derselbigen war mehr / denn ob zwey hundert / die ließ er alle ledig. Deß wurden die gefangenen von Hertzen fro / und dancketen Gott / daß sie von dem Riesen waren erlőßt worden / von ihrer schwerer Gefengnuß. Goffroy fůhret sie in die Kammer / darinnen der Rieß erschlagen lage / da segneten sie sich alle / unnd nam sie groß wunder der grossen Mannlichen Ritterschafft / die Goffroy begangen hette / an dem ungehewren und forchtsamlichen Riesen. Goffroy hube aber an / und sprach zu in: »Lieben Freundt / in diesem Schloß ist groß Gut / scheidet nicht von dannen / ich gibe und laß euch das alles / so viel sein ist / es sey Silber / Gold oder Edelgestein / denn ich deß gantz nicht haben wil / noch zu haben begere. Sie danckten im zumal sehr und fast / und baten in / daß er in sagen wolt / wer oder von wannen er wer / und wie er in den Felsen kommen were. Da erzehlet er in / wie alle sachen ergangen und geschehen were / und wer er von Geschlecht wer / unnd er hieß Goffroy mit dem Zan. Die Gefangenen sprachen zu im: »Herr / seyd Kǒnig Helmas todt ist / so ist nie kein Mann auff diesen Berg oder Felß kommen / denn der Rieß / und auch seine Vordern / die auch Riesen waren / die haben alle Lånder so gantz und gar verbrennet und verheeret / als ir denn selbst wol habt gesehen / und darzu vernommen / nu aber seyd ir uns mit ewerer Mannheit und Ritterlicher Hand erlǒset habt / so wǒllen wir euch diesen Riesen helffen hinauß ziehen / biß daß wir und ir euwer und unser Landvolck finden.«

Das LII. Cap.

Wie Goffroy und alle die Gefangenen / die da erlǒßt wurden / den Riesen auff einem Karren auß dem Berg fůhreten.

DIe Herrn und die Gefangenen namen zu stund an ein starcken Karren / und bereiteten den / und schroten[138] den ungehewren Riesen darauff / und bunden in auffgericht sitzendt in den Karren / gleich ob er noch lebet / und fůhreten in also hin / allenthalben durch das gantze Landt. Das Volck kundte sich nicht genugsam verwundern / deß grossen ungehewren und ungefůgten Volands / und lobet menniglich GOtt / unnd danckten ihm seiner grossen Barmhertzigkeit und Gnaden / unnd der Glůckhafftigen zukunfft Goffroy / biß er wider zu den seinen kame / die in mit grossen freuden empfiengen. Also kam er auch wider zu den Landtsherrn allen / von denen er zuvor kůrtzlich geschieden war. Dieselbigen / und auch die / die da gefangen waren gewesen / erbotten im grosse Ehr / deßgleichen auch alles Landvolck /

138. wälzen.

Und lobeten Gott von grundt ires Hertzen / und empfiengen ihn / als iren Herrn / denn ir König und Landtsherr abgangen war / ohn einige Leibserben / unnd botten im gar groß Gut zu geben / das er doch nicht wolte. Also bliebe er gar kurtz da / und gesegenet sie alle / und befahle den Landtsherrn das Land / denn in begundte zu verlangen / seinen Vatter und Mutter zu sehen. Er reyt von ihn hinweg / unnd saß wider zu Schiff / unnd fuhr wider in seines Vatters Land / unnd kamen in das Land Garande. Da nun das Landvolck vername / daß er kam / da lieffe ihm alles entgegen / und empfiengen in zumal schôn / und waren seiner zukunfft fro / denn er sie vor auch von grosser sorg und arbeit / unnd von dem Riesen Gedeon erlôset hette. Nun ritte Reymundt sein Vatter ihm entgegen in das Land / und hette sein da gewartet / etwa lange zeit / und hatte groß verlangen nach im / denn er vername wol / daß er in Norhemen Land aber ein grosse That gethan / unnd wol bestanden war / daß er den Riesen erschlagen hette. Der Ehren er sich sehr freuwet / und gab ihm dennoch auffenthaltung in seinem schweren kummer / den er hatte umb Melusina.

Da nun Reymundt seines Sons Goffroy zukunfft vername / da ward er fro / unnd reyt ihm entgegen an das gestade deß Meers / und empfienge in tugendtlich / doch nicht fast frôlich. Da name er Goffroy besonder / und fûhret ihn an ein heymlichs ende / und klaget ihm sein Hertzenleyd und den verlust seiner Mutter. Da Goffroy diß erhôret / da erschracke er gar sehr / unnd verstunde darbey / daß die Sach unnd verlust ergangen war / allein von seiner Missethat wegen / die er an den Mûnchen und dem Kloster zu Malliers begangen hette / und ward Goffroy vor not der Schweiß außgehen / unnd sprach: »Ich klage Gott mein Hertzenleyd und ungemach /« Da schwiege er ein weil / unnd sagt darnach seinem Vatter von der Tafel unnd Geschrifft / die er im Berg deß Gespensts zu Awelon hett gelesen / unnd von der Begrebnuß und dem Bilde. Da diß Reymundt hôret / da vername er erst / wer Melusina / Goffroys Mutter / von geschlecht war / und daß sie deß Kôniges Helmas Tochter gewesen war. Goffroy der hette aber verstanden / wie sein Vetter / der Graff vom Forst / seinen Vatter dahin gebracht hette / daß er sein Mutter die Melusinam an einem Sambstag besuchet / und sie darnach verloren hette / schwur einen hohen und thewren Eyd / der Graff vom Forst můste darumb sterben. Goffroy ritte gar schnell von seinem Vatter / und fůhret mit ihm Reymundt sein Bruder / unnd eylet hin gegen der herrlichen Graffschafft zu dem Forst / und reyt Tag unnd Nacht ohn alles verziehen / biß er dahin kam. Reymundt sein Vatter war in grossem Hertzenleyd / denn er betrachtet / daß Goffroy so ein thewrer Ritter war worden / daß seines gleichen kaum leben mocht / Da begundt ihn erst rewen / daß er Melusinam hette verloren / durch Goffroys willen / und bekůmmert in auch ubel / daß Goffroy erst ein neuwe Missethat wider begienge an dem Graffen vom Forst / seinem Bruder. Nun sag ich euch fůrbaß / wie Goffroy den Graffen ertődtet. Er kam in die Graffschafft vom Forst / unnd fande das Schloß / darinnen sein Vetter war / offen / denn er sich vor niemandt besorget: Goffroy der stund zu Fuß abe / und gieng in das Schloß / daß sein niemandt innen ward / und kame in den Saal / darinnen sein Vetter war. Goffroy kame in ungestůmme / und schrey ihn an / und zucket sein Schwerdt / und sprach: »Du unehrlicher Bőßwicht / du mußt mir hie dein Leben lassen / denn ich durch dich mein Mutter verloren habe.« Unnd also besanne sich der Graff vom Forst wol / was er gethan hette / und besorget / daß in Goffroy mit dem Leben nicht darvon ließ kommen / und gabe die Flucht in einen Thurn zuhand / der da offen stunde / und lieff eylendts die Stiegen auff.

Das LIII. Cap.

Wie Goffroy seinem Vettern dem Graffen vom Forst nacheylet in zu tődten / unnd wie der Graff sein Vetter in solcher Flucht umb das Leben kam / und sich selbst zu todt sprengt / das thet Goffroy darumb / daß er im seinen Vatter erzůrnet hette.

GOffroy der eylet ihm gar schnell nach / unnd flucht deß Graffen Dienern von dem Forst allen / und dorffte ihr keiner deßgleichen thun / als er sich wider Goffroy setzen wolt / denn er gar ein zorniger Mann / und darzu auch zumal starck als ein Lőw war. Nu hette Goffroy den Graffen nahendt ereylet / unnd also wolt der Graff zu einem Fenster hinauß springen / auff ein Dach / und fehlet / und fiele herab auff einen Felsen zu todt. Goffroy hieß ihn beståttigen zu der Erden / Die seinen hetten ein grosses leyd umb iren Herrn. Da er nu beståttigt warde / da hieß sie Goffroy / daß sie seinem Bruder Reymundt schweren solten / und viel Lehen von im empfahen / und in fůr einen Herrn halten. Deß giengen sie eyn / ohn eyntrag / weil er da gegenwertig war. Nun war aber Reymund darzwischen wider gen Lusinien von Garande kommen / unnd war also in einem grossen unmut / und von gantzem Hertzen sehr betrůbt / und hett jetzundt vernommen / wie im Goffroy seinen Bruder ertődtet / und aber ein grosse Missethat hett begangen. Goffroy kam gen Lusinien zu seinem Vatter / der sein groß hertzenleyd und ungefelle klaget / und vermasse sich fůrbaß / weder Land noch Leut mehr zu regieren / denn er habe was in dem willen unnd meynung gen Rom zu ziehen / und Buß uber seine Sůnde empfahen / und denn darnach in ein Kloster von der Welt sich zu ziehen / und nicht mehr in sein Land zu kommen willens hett / sonder in ein frembdes Land / und unerkannt / da sein Leben zu beschliessen und vollenden. Da er nun also in dieser Klage war / so kompt Goffroy geritten in die Statt / unnd stunde zu Fuß abe / unnd gienge hinauff zu seinem Vatter in das Schloß / und fand allda seinen Vatter / fůr dem fiel er nider auff seine Knie / und bat umb gnad aller seiner Missethat / und bekennet / das durch in sein Vatter Melusinam seinen Gemahel / auch Freymund seinen Sohn / auch seinen Bruder den Graffen von dem Forst / verloren hett. Reymundt der sprach weynend: »Melusina dein Mutter habe ich verloren / der ich leyder nicht mehr wider bekommen mag / so mag ich auch ihr Leben nit wider bringen / du solt gedencken / das du dein Kloster widerumb bauwest / und andere Mů̊nch dareyn setzest und stifftest.« Goffroy antwortet / und sprach zu seinem Vatter: »Euwer will sol geschehen / und hoff mit der hůlff deß Allmåchtigen Gottes / das Kloster zu Malliers in ein solchen Baw / Wirde und Ehr wider zu bringen / daß es besser / reicher und kôstlicher werden muß / denn es vor je gewesen ist.«

Reymund antwort / und sprach: »Man wirt wol sehen was du thust / doch eines / lieber Sohn / ich wil und muß ein ferre Reiß thun / die ich vorlangest gelobdt hab zu thun / darumb so wil ich dir mein Land eyngeben zu behůten / und ist meine meynung / daß du Dieterich meinen jůngsten Son erlernest / und ziehest ihn auff das aller beste / zu guten Tugenden und frombkeit. Auch solt du im zueygnen die Herrschafft Portenach / Schlastel[139] / Favend / Arglon[140] und Mervent[141] / das alles sol ihm werden / und unterthenig seyn / biß zu der Rottschelle / Unnd also hat es auch deine liebe Mutter geordnet / da sie leyder von mir scheiden wolte / denn sie mir auch / besonder Dieterichen / vor allen andern Sôhnen befahle / und sie mir auch darbey saget / daß er gar ein Mannlicher Ritter werden solte / darumb ich ihn der genannten Schlôsser zu einem Erben setze und mache.«

Goffroy antwortet / und sprach: »Lieber Vatter unnd Herr / euwer hinfahrt ist mir auß dermassen schwer und auch nicht wol zu mut. Was aber ewer meynung ist / das wil ich gern vollbringen.«

Das LIIII. Cap.

Wie Reymundt Goffroy seinen Sohn begnadet / und darnach von Landt schiedt.

DA Reymundt bereitet war / alles das im zu seiner fahrt nottůrfftig / da berůffet er alle seine Landts Herrn / unnd

139. Couldrette: Chasteau de Vauvent (v. 5361), s. Anm. 75. – 140. Couldrette: Chastel-Aiglon (v. 5362), nach Flutre Châtelaillon, bei La Rochelle. – 141. s. Anm. 76.

offenbart ihn sein hinfahrt / und sein ordnung / und hieß sie Goffroy hulden unnd schweren. Das theten sie gern / und sie waren umb Reymundts hinfahrt sehr betrůbet. Also schiede er von den seinen / und gesegnete sie alle gar sehr trawrig / denn er nicht muht hette / mehr wider zu kom-

men / Goffroy und Dieterich ritten beyde mit ihm gar ferne. Nun allererst erzehlete ihn Goffroy / wie es ihm mit dem Riesen ergangen war / unnd alles das er im Berge Awelon gesehen / unnd die drey Gaben oder Flůch / die Persina ihren Tǒchtern / Palentine / Meliore / unnd der Melusina / gegeben hette / dasselbige er gar wol behalten hette. Da ward Reymund gar fro / und sprach: »Nun verstehe und hǒre ich gar wol / das deine Mutter von dem Kǒnig Helmas her kommen / und von hohem Geschlecht geboren ist.« Da sie nun ein tagereyß mit im geritten waren / und in einer Herberge uber nacht beyeinander blieben / deß morgens da sie mit Reymund irem Vatter wider auff das Feld kamen /

da namen sie urlaub von im / kůßten in / und schieden von einander / mit grossem leyd / und inniglichem weynen / und auch die andern alle / die bey inen waren. Reymund der zoch gen Rom / Goffroy und sein Bruder Dieterich / ritten wider gen Lusinien / Nun war Dieterich etwas gewachsen / groß unnd starck / und war so gerad worden / und so gering / daß sich alles sein Volck verwundert / und er war der allerschönest unter allen seinen Brůdern / derselbige reyt nun gen Portenach / und nam das eyn / und die andern Schlösser / die vor genannt sind / und er besaß also sein Våtterlich und Můtterlich Erb / und gleicher weiß / als ob sein Vatter jetzund von Tods wegen abgangen were / unnd er war auch der weisest und fůrnemmest auff das Kriegen / den man in allen Landen nur finden möchte / Und er nam ein Weib / in dem Hertzogthumb Britannia / die gar Edel / Hoch unnd Wolgeboren war / und die im auch gar grosses Gut zubrachte.

Und also ist von disem Dieterich das Geschlecht / und die Herren von Portenach her kommen.

Also wůndschet diß Buchs Tichter / daß Gott verleyhe / daß diß Geschlecht einen solchen anfang gewinne / daß es lang were unnd bestehen möge / als denn Melusina an ihrem hinscheiden geweissaget hat / daß es lang weren und bestehen sol / als auch die Geschicht kundtlich unnd gegenwertig ist / denn sie zu Portenach in Franckreich noch auff diese zeit mächtig. Dieterich der ward darnach ein berůmbter Heldt / unnd mannlicher Ritter / als denn seine vormals auch Mutter geweissaget hat.

Das LV. Cap.

Wie Goffroy das Kloster Malliers wider bauwet / und viel köstlicher denn zuvor.

ES begunde sich Goffroy bedencken und besinnen / an mancherley / was er begangen und mißthan / und was im auch sein Vatter und Herr befohlen hett / besonder von deß

Klosters und Gottshauß wegen zu Malliers / das wider zu bauwen / als es vor gewesen war.

Und also fieng er an / unnd bestellet Werckleute / unnd alles das / weß er nottůrfftig darzu war / und bezalet allen gezeug / und die Werckleut alle tage / mit barem gelde.

Und gar in einer kurtzen zeit / bauwet er es auff von grund / denn er gar meisterliche Werckleut hatte zusammen bracht / allenthalben auß dem Lande. Und hette auch so viel Werckleute unnd gezeugs / daß er es in einem Sommer wider erbauwet / gar viel besser unnd kǒstlicher / denn es zuvor je gewesen war / unnd darumb hube sich eine gemeine Rede / in dem gantzen Lande / daß man sprach: Wer ist der fromme Mann / der das Kloster also baldt wider gebauwet hat? Da sprach man: Es ist Goffroy / der wil zu einem Mǒnch werden / Der Wolff ist zu einem Schåflin worden. Reymund der war darzwischen gen Rom kommen / unnd hette dem heyligen Vatter dem Bapst seine Beicht mit andacht gethan / derselbige Bapst war geheissen Leo. Und derselbige Bapst gabe dem Reymund eine Buß / das er sich williglich unterwunden / zu leyden. Da fraget ihn der Bapst / was fůrsatzes er nun hette / oder was er thun wolt?

Antwortet ihm Reymund / unnd sprach: »Allerheyligster Vatter der Bapst / Ich hab willen an einem ende mein Leben zu enden / da nicht viel Leute umb mich seynd / unnd mich von dieser Welt zu ziehen / Und in sonderheit / so habe ich nicht mehr willens in meinem Lande zu bleiben.« Und da der Bapst sein fůrnemmen erhǒret und vernam / da fraget er in / wo / oder an welchem ende / er in willens were / sein Leben zu verendern?

Reymund / antwortet / und sprach: »Zu unser lieben Frauwen / zu Monserat / in Arrogonia[142] / da habe ich willens hin.«

142. Berg und Kloster Montserrat, nordwestlich Barcelona, damals zum Königreich Aragon gehörig.

Das LVI. Cap.

Wie Reymund beichtet dem Bapst Leo / und Buß von im empfienge / uber seine Missethat / die er begangen hatte / an seinem Gemahel.

REymund sprach: »Daselbst ist ein schöner Gottesdienst / und ein wolgelegene Statt / Gott zu dienen.« Reymund name urlaub von dem Bapst / unnd reyt hin gen Monserat / und hette gar wenig ruhe / biß er kam gen Tolose[143] / daselbst ward er gar schôn empfangen / unnd behielte nicht mehr denn Schûler unnd Priester / die andern schicket er alle wider von ihm. Da er nun dahin kam / da ließ er ihm unnd seinem Priester Eynsidel Kleyder machen / unnd kam also in das Gotteshauß / und hielte sich gar erbårmlich / unnd dienet Gott mit gantzem fleiß / unnd da er alt ward / unnd sterben solte / da erschein Melusina vor dem Schlossz Lusinien / drey tag darvor.

Als das von den frommen Leuten daselbst vernommen ward / Denn Melusina das alles vormals geweissaget hatte / Da sprachen etliche unter inen: Ihr solt sicher seyn / daß wir ein neuwen Herren werden haben. Goffroy vernam die Mâhr / daß sein Vatter zu Rom gewesen war / da schickt er nach seinem Bruder Dieterich / der kam gar bald / da befahl ihm Goffroy das Land / unnd zoge auch gen Rom / ob er irgend seinen Vatter finden / oder erfahren môchte. Unnd da er gen Rom kam / unnd seine Sûnde beichtet / da saget ihm der Bapst Leo / daß sein Vatter Reymund auch da gewesen war / unnd zu Monserat ein Eynsidel worden were. Auch so setzet der Bapst Goffroy gar ein harte Buß / besonder / daß er dencken solte / daß das Kloster Malliers fôrderlich wider gebauwet wûrde / und hundert und zwentzig Mônch dareyn stifftet. Goffroy antwortet dem Bapst / und sprach: »Ich wil es gern thun / und die vorgenannte zahl der Mônch mehren / und dem Kloster Rennten unnd Gûlt / nach einer guten notturfft geben / Denn ich wol erkenne / daß diß Gotteshauß von mir verderbet ist worden.«

143. Toulouse.

Das LVII. Cap.

Wie nun Goffroy auch dem vorgenannten Bapst Leo beichtet / der saget ihm / wie sein Vatter zu unser lieben Frauwen zu Monserat in Arrogo / sein Leben enden und vollbringen wolte.

BApst Leo antwortet ihm / unnd sprach: »Euwer Fůrsatz ist gut / und ir solt auch dem nachkommen / Aber euwer Vatter / ob ir den wissen wolt / so findet ir in zu unser lieben Frawen / zu Monserat / in dem Lande Arrogonia.«

Goffroy der zoch auch zu unser lieben Frawen / gen Monserat / da er seinen Vatter fande / Reymund war seines Sons Goffroy von hertzen fro / und empfieng ihn gar schôn und ehrlich / und Reymund wolte je / daß er wider heim zôhe / aber Goffroy wolte nit von im / und meynet je / er wolte auch bleiben bey seinem Vatter / unnd sich gantz und gar von der Welt ziehen und abscheiden.

Also blieb Goffroy vier oder fůnff tag / und thete es darumb / ob er seinen Vatter môchte bewegen / widerumb von dannen zu kommen / das er doch mit nichten / oder durch niemand zuwegen mocht bringen. Da Goffroy nun sahe / daß in niemandt uberreden noch bewegen mochte / unnd daß er je da wolt bleiben / unnd sein Leben da enden / da schiede er von dannen / und nam urlaub von seinem Vatter Reymund / und reyt widerumb gen Lusinien / unnd schicket unnd fordert alle seine Landherren fůr ihn / und hieß sie ihm hulden unnd schweren / Das waren sie gehorsam und willig zu thun. Und da Goffroy das Kloster Malliers wider gebauwet / stårcker unnd auch kôstlicher / denn es zuvor je gewesen war / da bestettet er wider hundert und zwentzig Mônch dareyn / und begabet es so herrlich unnd reichlich mit Rennten unnd Zinsen / unnd was allda not zu ihrem gebrauch war.

Reymund war gar alt / ehe das er starbe / und da er sterben wolt / da kam Goffroy wider / unnd bestattet seinen Vatter gar ehrlich und kôstlich zu der erden.

Das LVIII. Cap.

Wie das Kloster Malliers new gebauwet ward / unnd wie es Goffroy reichlich versahe / unnd begabet / auch seinen Bruder Dieterich / den Jungen / bey ihm behielte.

NUn warde Dieterich / Goffroys Bruder / gar ein Mannlicher kůner Ritter / und gar weit berůmet / und wol erkannt / und hielt Hof zu Portenach / und zu der Marck / und regieret wol.

Uriens der regieret in Cypern / unnd fůget den Heyden groß ungemach zu / unnd halff den Herren von Rodiß getreuwlich in iren nǒten.

Gyot der war Kǒnig in Armenia / der sich gegen den Heyden strenglich hielte / und auch sein Nachkommen gethan haben.

Reinhart regieret zu Behem / und thet allen Unglaubigen ein starcken widerstandt.

Anthonius hielte sich nach Fůrstlichen Ehren zu Lůtzelburg.

Reymund / der Jung / ward Graff im Forst / und hielt sich auch nach Ehren.

Freymund der verbrannt in dem Kloster zu Malliers.

Horibel ward ersticket / wie ir das alles vormals auch habt gehǒret.

Und wenn das Volck in Cypern noch in streits nǒten ist / so ist noch ihre Losung unnd geschrey / Lusinien / darumb / daß Uriens ihr Kǒnig von Lusinien bůrtig war.

Es seynd auch von diesem Geschlecht kommen / die Graffen von Pavenburg[144] / die wonhafft seyn in Engelland.

Und zu Arrogon auch ein Geschlecht / heissen die von Cabreie[145].

Nun lassen wir von Goffroy / unnd sagen von dem Kǒnigreich Armenia / da sein Bruder Gyot Kǒnig war.

144. Couldrette: Pavebourc (v. 5745), Pembroke in England. – 145. Couldrette: Cabriere (v. 5747), Cabreira in Katalonien, damals zum Königreich Aragon gehörig.

Nun war in demselbigen Kônigreich ein Schlossz geordenet / mit einem Gespenst / wie in dem Berg Awelon / als ihr wol gehôret habt / darauff ein frembde Abentheuwer war / mit einem Sperber / und wer die Abentheuwer gewinnen wolt / der mußt zuvor dem Sperber drey Tag und drey Nacht wachen / on alles schlaffen / und mußt darzu von hoher Geburt seyn / und deß Stammes oder Geschlechts von Lusinien / Und welcher das also vollbracht / der mocht fûr ein Gab fordern / was ihm gefellig war / außgenommen die Jungfrauw Meliora / die deß Sperbers hûtet / die solte er umb keiner Sache willen nicht fordern / aber was er sonst fordert / deß warde er geweret.

Nun war ein Armenischer Kônig / der wolt sich je der Abentheuwer unterstehen / unnd dem Vogel oder Sperber wachen / denn er hette die Abentheuwer erst in kûrtz vernommen / und also meynet er je zu wachen / und eine Gabe zu fordern / unnd ob er die schône Jungfraw sehe / so wolte er doch kein andere Gabe fordern / denn sie alleine.

Also schiede er von Hauß / unnd kam den Berg hinauff / zu dem Schlossz / darinne der Sperber war / und fûhret mit ihm sein Gezellt / und hieß das unter dem Schlossz / in einer Wiesen / auffschlagen / und gieng da gewapnet an das Thor / und trug ein kleines Aß[146] in der Hand / damit er den Sperber wolt etzen / da begegnet ihm gar ein alter Mann / der war gantz bleich mager / in weissen kleidern / der fragt in / was er da suchet? Er antwort im / und sprach: »Ich suche die gewonheit und Abenthewer diß Schloß.« Der alte Mann sprach: »Nun kompt mit mir / ich fûhre euch an ein ende / da ir die Abenthewer findet.« Und also gieng der alte Mann voran / und er ihm nach / und kamen in einen schônen Palast oder Saal / oben in dem Schlossz. Derselbige Saal war so kôstlich und so schôn / daß sich der Kônig sehr darab verwundert.

146. Fleisch zur Fütterung des Sperbers.

Das LIX. Cap.

Wie Gyß / ein Kônig in Armenia / sich unterstunde / dem Sperber zu wachen.

ES sahe der Kônig einen Sperber dort stehen auff einer Stangen / der war schôn und groß. Der alte Mann sprach zu im: »Nun sehet / hie můßt ir wachen / drey Tage und drey Nacht / Und ob ihr das nicht thun môget / so werdet ihr allhie bleiben / biß an den jůngsten Tag / Und ob ir so lang wachet on schlaffen / so môcht ir umb eine Gabe bitten / warumb ihr nur wolt / die denn zeitlich ist / die wirdt euch gegeben on zweiffel / außgenommen der gerade schône Leib der Jungfrawen / wirt euch nicht.« Der Kônig sprache: »Ich hoff / ich sol und wil genug wachen / und eine Gabe holen.« Aber sein Hertz stunde darauff / daß er meynet / ob er ein Gabe gewůnne / so wolt er je die zarte und schône Jungfrauwen fordern / unnd sonst nichts anders haben / doch saget er niemandt seinen willen / und hette er dem alten Mann gefolget / das were ihm baß erschossen / denn seine thôrichte begier und fůrnemmen / als ihr hôren werdet.

Der Kônig fieng nun an / und wachet den Tag und die Nacht mit frewden / unnd etzet den Sperber / unnd war darzu frôlich / denn deß kôstlichen Essens unnd Trinckens / von allerley Speiß unnd Getrânck / war da eine genůge / der nam er zur notturfft seines Leibs zu sich. Unnd deß morgens an dem andern Tag / da etzet er aber den Sperber / und wachet als vor. Nun sahe er aber dort gar eine schône Kammer / da stunde die Thůr offen / Er gienge dareyn / unnd sahe daß die Kammer gar kôstlich gemahlet war / und die Feldung[147] war von feinem Golde / besonder waren viel Vôgel dareyn gemahlt / gar scheinbarlich / und war auch dareyn gemahlet / gar ein mannliches Ritters Bildt / gewapnet mit Schilt und Helm / und stunde bey jedem geschrieben: Das ist ein solcher Ritter / und nennet ihn mit dem Namen / er ist in einer solchen zeit hie gewesen / und

147. Wandfläche.

auff einen solchen tag / und die Jarzal darbey / unnd hat sich hie unterstanden / dem Sperber zu wachen / und die Abentheuwer diß Schlosses zu erfahren / unnd eine Gabe zu gewinnen / Aber er hat geschlaffen / unnd mochte je nicht gewachen / darumb so muß er biß an den jůngsten Tag hie seyn unnd bleiben / und uns dienen / und ehren zu aller zeit unnd stund / unnd er kan und mag von hinnen nimmer kommen. Und also fande er auch an dreyen enden / an jeglichem einen Ritter gemahlet / unnd darbey sein Name / der Tag und die Jarzal / unnd wie ihr jeglicher wol gewachet / und seine Gab redlich gewonnen hette / auch die gefordert / nach gewonheit dieses Schlosses / und der Abenthewer Sitten und Recht / unnd auch dieselbigen Gab mit im heimgefůhret.

Nun war die Kammer gar kôstlich gemahlet / und stunde auch bey diesen dreyen Rittern unter jeglichem geschrieben / das Landt oder Kônigreich / auß dem derselbige Ritter geboren war / der die Gabe gewonnen / und so wol gewacht hett / und was jeglicher fůr ein Gabe mit im hingefůhret hett.

Da er nun diese Abenthewer gar wol beschawet / da gedacht er / er môcht viel zu lang da bleiben / und er gieng wider zu dem Vogel oder Sperber / unnd wachet wider / als er vor gethan hatte.

Da nun der dritte Morgen vergienge / so kommet die Jungfraw in einem grůnen Kleyde / unnd grůsset den Kônig gar sehr unnd tugendtlich / unnd sprach: »Ihr habt ewer fůrnemmen gar wol angeleget / unnd habt dem gnug gethan / euwer Gabe solt ir nun fordern / die sol euch folgen / und werden.«

Der Kônig dancket ihr freundtlich / und thet als ein junger stoltzer Mann / der da zu einer so schônen und adelichen Jungfrauwen einen gefallen hat. Er redet mit ir / und sprach: »Ich wil kein andere Gab / denn euwern Leib.«

Da diß die Jungfraw erhôret / ward sie zornig / unnd sprach: »Ihr můsset ein andere Gabe fordern / denn mein Leib der mag euch auff dißmal nicht werden.« Der Kônig sprach »sicherlich / keine andere Gab fordere ich nimmer /

denn euweren Leib / und ob mir der nicht mag werden / so wil ich doch sonst auch keine andere Gabe mehr haben noch nemmen.«

Die Jungfraw warde noch zorniger / und sprache: »Ihr solt fůrwar wissen / daß mein Leib / euch / noch keinem andern Mann werden mag / fůr eine Gabe / unnd lasset nur darvon ab / Unnd ob ihr das nicht thut / und mich mehr fordern wůrdet / so wirdt euch so ein groß ungefell zustehen / daß euch euwer Kônigreich / das ihr jetzund habt / wirdt auß euwern Hånden und Gewalt kommen / daß weder ir / noch euwer Erben nimmer uberkommen / noch uberwinden môget / und seyt dennoch sicher / daß euch mein Leib nicht werden mag / und also verlieret ihr euwer Gabe / ob ir mich mehr fordert / unnd erlanget auch darmit groß ungefell.«

Er antwortet / unnd sprach: »Es sey eine Thorheit oder Weißheit / so wil ich je keine andere Gabe forderen / sondern ich wil euweren Leib fůr meine Gabe haben / Ich hoffe / so ich eine Gabe gewonnen habe / die sol mir widerfahren / unnd mir euwer Leib werden fůr meine Gabe.« Die Jungfrauw sprach zorniglich: »Du thust gleich als thôrlich / als dein Großvatter thete / Der wolte auch ehe einer Thorheit folgen / denn weisem Raht / unnd die Gelůbdte / die er gethan hatte / wolte er auch nicht genug thun / Darumb so wirdt dir auch keine Gabe / denn du hast sie verloren / und magst ihr nimmer bekommen.«

Das LX. Cap.

Wie der Kônig nach der Jungfrauwen eylet / und wolte sie ergreiffen / und mit gewalt behalten / darumb er hart gestraffet ward.

»DU solt nun wissen / das du fůrbaß nichts mehr warten bist / noch erlangest / denn kummer und leyd / und gar groß ungefelle / also geschahe auch deinem Großvatter Reymund /

der seinem eigenen willen folget / und verlor dardurch Melusinam / sein hertzallerliebstes Gemahl / die mein leibliche Schwester war / und ist Gyot / der dein Vatter ist / meiner Schwestern [sun gewesen] / von der Sůnd wegen / die wir an Helmas / dem Hochgebornen Kőnig / unserm lieben Vat-

ter / begiengen / den wir in dem hohen tieffen Berg Awelon beschlossen / so ist uns von unserer Mutter Persina / an der er brůchig worden war / denn er sie in dem Kindbett ersuchet / ein Fluch geschehen / das wir also von unserm lieben Vatter / mit unser Mutter verzucket worden / Also seynd wir zu einem Gespenst worden / und ich hůte hie dieses Sperbers / und mag nicht mehr von hinnen kommen / sondern ich muß hie bleiben /« Und erzelet ihm auch darbey / wie seine Großmutter Melusina allzeit am Sambstag ein halber Wurm warde / und wie sein Großvatter sie verloren / und wie die älteste Schwester Palentina auff einem hohen Berg in Arrogon ihres Vatters Schatz hůtet / »Unnd also bist du nun auch unsers Geschlechts und hohen Stammes / und soltest solches nicht fordern / denn es unmůglich ist / darzu so wirt dein Reich fallen in ein ander Geschlecht / und gantz auß deinem Stammen / und wirt kommen in eines Kôniges Handt / der von einem Thier seinen Namen haben wirdt / und wer dein grosse Thorheit nicht / so wer dir Glůck unnd Ehr allezeit zu handen gangen / sonst / so muß dich groß leyden und ungefäll angehen / und dir widerfahren in deinem Leben / auch das wirdt nun gar baldt mit dir anfahen / unnd diese Abenthewer und Gabe were dir zu einem glůck gerahten / aber nun so muß dein Gabe ein fluch seyn.«

Dieser junge Kônig von Armenia / der ließ sich betriegen / die Schône und auch die Liebe / oder die begierde der Frauwen / als auch theten die zween alten Richter / gegen der Susanna / als Daniel der Prophet beweiset.

Darumb so trat der Kônig Gyß / vor genannt / gar schnell gegen der schônen Jungfrauwen / unnd hoffet sie zu ergreiffen / und meynet sie zu haben / und hette schon vergessen / alles deß / das im der alte Mann / und auch die jungfraw vor gesagt und gerahten hetten.

Also verschwande die Jungfraw vor seinen Augen gar gering / Solches môcht er vor wol bedacht und besunnen haben / daß er wol wußte / und erst von ir verstanden hatte / das sein Großmutter / oder Anfrawe Melusina / sie unnd ihre beyde Schwestern / Meerwunder / und von dem Gespenst auß dem grossen Berg Awelon / weren kommen / unnd mit viel wunders begabet / und daß seine Thorheit im nicht besser ergehen hette môgen / und im zu grossem schaden můßte kommen.

Da nun dieser Kônig sich solcher Thorheit hette unterstanden / und die Jungfraw vor seinen Augen verschwunden war / so kompt nun dorther ein Gespenst / daß er nicht ein stůck gesahe / unnd schlug in ernider zu der Erden / und so gar hart und unbescheidenlich ubel / daß er alle vier von im streckt.

Er fieng an jåmmerlich unnd erbårmblich zu schreyen / das Gespenst ließ aber darumb nit ab von im / und schlug in als je lenger je hårter.

Das LXI. Cap.

Wie das Gespenst den König straffet / darumb / das er keine andere Gabe begeret / da er dem Sperber wachet / denn die Jungfrauwen.

DEr König sprach: »Ach Gott was zeihest du mich / denn ist / das du der harten streich nicht wirst abstehen / und auffhören / so muß ich hie on alle wehr werden erschlagen / und verderben / und darzu auch mein junges Leben verlieren. Ach gnade und barmhertzigkeit wölle mir beystehen / oder ich sterbe hie so schändtlich und unehrlich.« Also stieß in das Gespenst auß dem gewaltigen und starcken Schlossz gar schnell und erbärmlich. Der König war von den streichen gar onmächtig worden / das er kaum von dannen kriechen mocht / Und also forcht er noch mehr ungefells / unnd eylet nach allem seinem vermögen widerumb gen Thal / unten zu der Matten / da die seinen warteten / unnd kam also in die Wiesen zu inen / sehr zitterend.

Da wurden seine Diener sehr betrübt / und erschracken gar sehr darab / also fragten sie in / und sprachen: »Habt ir dem Sperber gewachet / und die Abentheuwer gewonnen?« Der König sprach: »Ja zu einer bösen unglückseligen stund bin ich her kommen / wolauff schnell und bald von hinnen.« Sie legten gar bald ire Sättel auff / und eylten von dannen gegen dem gestad deß Meers / und ritten tag und nacht / biß sie an das Meer kamen / da saß er zu schiff / und thet seinen Harnisch ab / und schiffet wider gen Armenia / und begunde da betrachten das ubel / das im und seinem Königreich solte unnd müßte widerfahren / nach sage der Weissagung / die im der alte Mann und die Jungfraw / so eigentlichen hetten vorgesagt.

Also kam er mit den seinen gen Armenia / nach grosser gethaner arbeit / so die seinen / und er auff dem Meer von Ungewitter gehabt hetten / Also fieng er nun an widerumb zu herrschen / das geschahe aber in grossem ungefäll. Er fieng an von tag zu tag abzunemmen / und sein Königreich begund zu zergehen / immer je lenger und je fester / biß in seinen todt. Darnach ward ein anderer Kônig regierend nach ihm / derselbige hett noch vielmehr ungefells in seinem regieren. Und also namen die Kônig und das Kônigreich gar sehr ab / und wurden alle sehr arbeitselig / und darzu gantz arm / biß in das neundte Geschlecht.

Und der diese History in Welsch machet / der hatte einen Kônig in Franckreich gesehen / der auch auß Armenia vertrieben war worden / den enthielte der Kônig in Franckreich eine lange zeit.

Derselbige Kônig starb zu Pariß / und ward zumal ehrlich bestattet / zu den Celestinern / in dem Kloster zu Pariß / und wurden alle seine Diener in weiß gekleidet / das doch gantz wider deß Landes / und auch deß gantzen Kônigreichs gewonheit war / unnd sich auch das Volck gar sehr verwundert / und sie auch frembd name / denn deßgleichen in Franckreich / als die Alten sagten / vor nie mehr geschehen unnd vernommen war worden. Warumb aber das geschahe / wuste der Tichter dieses Buchs nicht.

Nun wil ich von der History / deß Schlosses mit dem Sperber nicht mehr schreiben / unnd es auch darbey bleiben lassen / denn sein wûrde zu viel / alles zu schreiben. Unnd ich wil nun fûrbaß sagen / von Palentina / der dritten Tochter / die auch deß vorgenannten Kônigs Helmas Tochter war / und Melusine / und Meliore / auch von genannten Schwestern gewesen ist.

Das LXII. Kap.

Wie Palentina die Jungfraw ires Vatters Schatz hûtet / auff einem hohen berg in Arrogon / da viel Wûrme sind / und von einem Ritter / der in holen wolt.

NUn wil ich fûrbaß sagen / von Palentina / der schônen Jungfrauwen / die zu Rottnitsche / auf einem Berg in Arrogon gelegen / beschlossen war / Dieselbe Palentina / als ir vor mehr gehôret habt / darzu von irer Mutter Persina geordnet unnd gesendet war / daß sie da beschlossen / und eine Hůterin ihres Vatters Schatz solt seyn.

Denselbigen Schatz niemands mochte gewinnen noch erobern / denn allein einer / der von dem stammen deß vor-

genannten Kőnig Helmas geschlechtes sey / derselbige alles das / was die Abenthewr innhelt / bekommen mag / und sonst niemands anders.

Und es seyn an dem Berge so viel grosser unnd freysamer Wűrm und Thier / daß man hinauff zu solcher Abenthewer nicht wol kommen mag / on gar grosse arbeit und sorge / denn es sind gar viel mannliche Ritter darkommen / diese Abentheuwer zu unterstehen / die darumb verdorben / und umb ir Leben sind kommen / der nie keiner herwider kommen ist / und sich dennoch junge / starcke / und mannliche Ritter / das unterstunden zu gewinnen / die darumb leyder allda blieben / und verdorben sind / und all ihren Leib an den grossen Schatz gewaget / und doch nichts daran gewonnen haben.

Besonder kam eines mals dar / ein Ritter auß Engelland geboren / der sich sehr vermaß / den schatz und auch das heylig und gelobte Land zu gewinnen / der kam gen Arrogon / und fraget nach diesem Berge / und der Abenthewer nach / darvon ihm denn gesagt war worden / der ward im gezeiget.

Derselbige Ritter war gar ein mannlicher und kůner Mann / Er hatte auch vor das alles gethan / das denn auch ein redlicher Ritter thun unnd lassen solt / und war auch derselbige Ritter einer auß Kônigs Artus Hof / die genannt wurden von der Tafelrunde / unnd war deß Herr Tristrants geborner Freundt / und war bey dreyssig Jar alt. Dieser Ritter hôrt nun von dem grossen Schatz / und von dieser Abenthewer sagen / der kam an den Berg / und fand allda ein groß ungehewer Thier / das hett ein bauch / der war als ein Weinfaß gestalt / und hette nit mehr denn ein Ohr / und hett auch kein Naßloch / und hett nur ein Aug / dasselbige stund im an der mitte seiner Stirn / und hette an der weyte unnd simbele[148] / daß es dreyer Schuch weyt und lang war / und sein Athem gieng im durch das Ohr auß und eyn / Es war gar ein wildes unnd grawsamliches erschrôckenliches Thier / als denn deß wol empfande der vorgenannten Ritter / als ir hernach wol hôren werdet.

Dasselbige Thier schlieff gar sehr / und lag gar nahendt bey der Hôle / darinnen die vorgenannte Jungfraw ires Vatters Schatz hůtet / und vor dem Loch war ein starcke eysene Thůr / der hůtet dasselbige Thier / daß niemand vor im dareyn kommen mochte / er were denn von dem Stammen und dem Geschlecht Kônig Helmas kommen / als das Persina / wie vor stehet / geordnet hett / und das Loch war in der mitte deß Berges / da mancher mannlicher Mann verdorben und umbkommen war / und oberhalb dem Loch / waren viel andere Lôcher / die alle voller Wůrm unnd freysamer Thier waren / dardurch man denn mußt / wer sich dieser Abenthewer unterstehen wolt / und gienge auff den Berg gar ein schmaler Steg / dreyer Arrogonischer Meilwen

148. Rundung.

lang / daselbst hinauf einer ohn alles saumen / gar schnell mußt reyten oder gehen / denn an keinem ende sich niemandt darzwischen mochte noch kundte nidergelassen / denn auff Gewůrm unnd Schlangen / denn ir so viel da ist / daß sein niemand kan noch mag verwundern / unnd ist der Berg gantz wůst / allein von deß ungehewren grossen Gewůrms / unnd von der Thier wegen / als ir gehöret habt.

Nun ritte der Ritter an den vorgenannten Berg Rottnitsche / und beleytet in ein Mann / biß auff ein halbe Meil hinzu / und was auch sonst niemand bey im / denn allein ein Kundtmann.

Der Kundtmann kehret wider umb / unnd ritte widerumb heim / Da nun der Ritter hinauff kam / da hieß er den Renner still halten / unnd stunde ab zu fuß / unnd gabe ihm sein Pferdt an die Hand / unnd sprach: »Nun bleibe hie / und komme nicht von hinnen / biß ich wider zu dir kommen werde.«

Ach Gott / wie lang můßte er da seines Herren gewartet haben?

Der Ritter gieng den Steg auff / und fande einen so schmalen und sorglichen Weg / deßgleichen er nie mehr gesehen hette. Er war gar gewapnet / und trug sein Schwerdt in der Hand / Da begegnet im ein grosser Trach / der mit offenem Maul gegen im schoß / und als er den Trachen also ungefůglich gegen im schiessen sahe / da nam er sein gutes schwert / und schluge dem Trachen sein Haupt abe. Dieser Trach war mehr denn zwentzig Schuch lang.

Also gienge der Ritter fůrbaß wider hin / den schmalen Steg fůr sich / da begegnet im ein grosser ungehewrer Bår / der lieff in an / und zerret ihm seinen Schildt von dem Halse / und begunde im seinen Harnisch sehr zerreissen.

Das LXIII. Cap.

Wie der Ritter von Engelland an dem engen wege deß Berges / da er zu der Edlen Jungfrauwen wil gehen / einen Båren erwůrget.

DA nun der Ritter sahe deß Båren zorn / da name er sein Schwerdt / und schluge den Båren auff sein Maul so sehr / daß er ihm das abschluge / darvon warde der Bår zornig / unnd schluge aber gegen dem Ritter / Der Ritter sprang von

dem Båren / unnd schluge ihm mit seinem Schwerdt eine Tappen herab von seinem Leibe.

Der Bår stunde auff seine hinder Fůsse / und thet einen gar grimmigen schlag zu dem Ritter / unnd so gar starck / daß er ihm seinen Harnisch gar sehr zertrennet / unnd daß sie beyde herab fielen / unnd darzu von dem Berge kamen. Der Ritter kam von seinem Schwerdt / und gedacht an seinen Degen / der Ståhlin / und zumal gut war / er zucket in / und stach den Båren zu todt / da schrey der Bår so gar grawsamlich / unnd fiel darmit nider.

Der Ritter von Engellandt suchet sein scharpffes Schwerdt wider / unnd stiege den Berg widerumb auff / unnd ertődtet darzwischen ohne zahl viel Wůrme / deßgleichen gar viel wunderlicher unnd freysamer[149] Thier / mit denen er grosse arbeit gewann / Doch kame er zu letzt an die Hôle / da das grawsamliche Thier lage / das der Eysenen Thůr hůtet / dahinder der grosse Schatz mit Gespenst verborgen lag.

Also gienge der Ritter in das Loch gar dûrstiglich / und suchet das grawsamliche Thier / das er im doch zu frů fande.

Das wilde und ungehewre grausamliche Thier / alsbaldt es in nur ersahe / da richtet es sich auff / und lieff den Ritter gar grimmiglichen an / Der Ritter zucket sein Schwerdt geringlich / schlug und stach in das Thier / aber es empfienge keinen Schaden / denn es alles durch Zauberey also gefeyet war worden / daß es weder Stahel noch Eysen nit versehren noch verhawen mocht. Das Thier ergreiff im sein Schwerdt in seine Zân / und zerbiß im das zu zweyen stůcken / und thet damit einen grausamlichen schrey / unnd verschlang den Ritter gantz unnd gar mit einander.

Das LXIIII. Cap.

Wie der Ritter auß Engelland auff den Berg kam / unnd fůr das Loch / da die Jungfrauw mit dem Schatz innen war / und von einem Thier jâmmerlich verschluckt ward.

ALso verdarb der mannliche Ritter gar klâglich und elendiglich / und ward von dem ungeheuweren Thier gar schnell verschlucket / der so viel grosse Ritterschafft und mannliche that begangen hatt / das es wol zu klagen war / und auch nie kein Ritter als hoch an diesen Berg kommen war / als er. Der Renner wartet da seines Herrn zween Tag und eine Nacht / darnach reyt er wider von dannen in Engelland / unnd erzelet allda vor jederman / wie er seinen Herrn verloren hette / Besonder kam der Renner zu einem wolgelehrten Manne / der war Meerlins[150] Jůnger / und war in Arrogon / nahend bey dem Berg gesessen / und der kundte von

149. furchtbarer, Schrecken erregender. – 150. Merlin, Zauberer des Artuskreises.

grossem wunder sagen / der saget im nun durch seine Kunst / unnd durch die Nigromancey[151] / daß der Ritter von Engelland mit den Thieren und Wůrmen gefochten hette / und zuletzt von einem ungeheuwren wunderlichen Thier verdorben und verschluckt wer worden / Als ir auch vor gehôret habt. Dieser wolgelehrter Mann war bůrtig auß Hispania / und war gestanden auff der Schul zu Talent[152] / da man alle die Bůcher der Schwartzen kunst lernet und lieset / und hett darinnen studieret / mehr denn zwentzig Jar. Diese Reden unnd Måhr erschallen in gantz Engellandt von diesem Ritter / und es ward davon ein groß gewaltig Buch gemacht / von dieser Abenthewr allein.

Nun war ein Ritter in dem Kônigreich zu Hungern / der sich der Abenthewer auch unterstunde / er mochte aber nicht mehr denn 15. oder 20. Schritt hoch an den Berg kommen / unnd ward von den Wůrmen verschluckt.

Sonst ist ihr gar viel gewesen / die sich auch deß Schatzes / und dieser Abenthewer unterstanden haben / die sind doch alle da blieben / denn kein Mann so mannlich nicht ist / noch geseyn mag / der ihn gewinne / es sey denn / daß er von Kônig Helmas Geschlecht kommen sey / Unnd war immer schad / daß der Ritter von Engellandt nicht deß Geschlechts war / denn er sonst gar ein mannlicher Ritter war / und von Herr Tristrants Geschlecht war geboren / und er hett auch die abenthewer ohn sondern zweiffel gewonnen / unnd erstritten / were er deß Geschlechts gewesen / als ich das vorgesaget habe / unnd es kam auch kein Ritter nie so hoch an den Berg / als er.

Das LXV. Cap.

Wie ein Bott auß Arrogonia zu Goffroy kam / und sprach zu ihm / Er solt auff den Berg Rottnitsche ziehen / und den grausamen Schatz da erlangen / unnd Goffroy es thun wolte / aber er ward sehr kranck / nam das heylige hochwirdige Sacrament / und starb.

151. schwarze Kunst, Zauberei. – 152. Toledo.

NUn sagen wir baß von Goffroy dem theuweren und mannlichen Ritter / der war dazumal zu Lusinien in grossen freuden und kurtzweil / Unnd er gienge spatzieren in einem Baumgarten / mit Frawen und Jungfrawen / so sicht er dorther kommen eylendts einen Botten zu im. Also fraget ihn Goffroy / was er newer Måhr bråchte.

Da hube der Bott an / unnd sprach: »Auff dem Berg Rottnitsche in Arrogon / da ist gar ein ungehewres grosses Wunder / und so ein grausamliches Thier« / und erzelet im da vor jederman / wie es dem Ritter von Engelland auff demselbigen Berge ergangen war / als ir denn das oben vormals auch wol gehȯret und vernommen habt / unnd daß auch viel andere Ritter mehr allda so jåmmerlich verdorben waren / und daß die Tochter Palentina ihres Vatters / Kȯnig Helmas von Albania / Gůter unnd Schåtz allda hůtet. Da nun Goffroy diese Måhr hȯret / da verwundert in diß ungeheuweren Thiers gar sehr / und sprach: »Nun wolan ich wil mich deß auch unterstehen / ob mir es Got gȯnnen wil.«

Goffroy der hieß sich alles sein Volck zurůsten und bereyten / und verschriebe seinem Bruder Dieterich zu im zu kommen / und daß er sich deß gantzen Lands / und alles deß seinen unterzȯge / biß er widerumb kåme. Und er war on ein Weib / biß in sein Alter / und gleich als er hin wolt / da stieß in ein Siechtag an / und ward kranck / denn er gar alt war.

Also nam seine Kranckheit so sehr zu / daß im kein Artzt mehr gehelffen mocht / unnd nåhet die stunde seines Tods / daß er solt unnd mußt / nach dem lauff der Natur unnd Gȯttlicher Gesetz Gottes gehorsamlich seyn. Unnd Goffroy ergabe sich gedůltiglich in den willen GOttes / Auch ward umb seine Kranckheit grosse klag / Er hette auch in der Graffschafft Potiers viel schȯner Kirchen und Capellen angefangen zu bauwen / unnd viel guter Werck zu thun und vermessen / das aber der mehrertheils unterwegen und ungebauwet blieb.

Goffroy / da er sahe / daß im der Todt begunde nahen / da sendet er nach einem Priester / unnd empfieng das heylige hochwirdige Sacrament / unnd machet da sein Testament / unnd ordenet alle ding nach seinem willen / und daß man in in dem Kloster zu Malliers / das er einest mit den Mönchen verbrennet / und darnach wider gebauwet hatte / bestatten solt zu der Erden.

Daselbst liget der Edel Ritter Goffroy herrlich begraben / und hat auch der Tichter dieses Buchs sein erhaben Grab gesehen.

Und er machet und ordnet bey seinem Leben / das alle seine schulden bezalet wurden / mit barem Gelde / unnd machet da Dieterich seinen Bruder zu einem Erben / unnd empfieng das hochwirdige Sacrament / und verschiede also von dieser Welt.

Dieterich der regieret allenthalben in den schlössern / die im erblich angefallen waren / doch so ward sein Land getheilet / in vier theil / und ward den Kindern gegeben zu der Heimsteuwer oder Morgengabe.

Das LXVI. Cap.

Von Goffroy Geschlecht und Herkommen / Auch von dem Tichter dieses Buchs.

NUn wurden die Mann / so von seinem Geschlecht unnd Stammen kommen waren / thewre / berühmte / und gar sehr mannliche Ritter. Unnd besonder so hat der Tichter diß Buchs / als es in Frantzosischer Sprach ist gemacht / der Herren einen wol erkennet / unnd ihm auch gedienet / derselbige von Herr Dieterichs Geschlecht / vor genannt / geboren war / derselbige starbe / dieweil diß Buch noch nicht vollbracht / und als vor geschrieben stehet / zu Welscher Sprach getichtet war / Denn als månniglich auch wol sicht / daß niemandt nicht ein Augenblick sicher ist / noch geseyen mag / vor dem Tode / der uns nachschleichet / und uns unser Ziel gesetzt ist / als Job spricht / das wir nicht ubergehen mögen / unnd gut wer / daß wir auch viel daran gedechten /

unnd uns fůrbaß vor den Sůnden hůten / daran theten wir alleweg recht und weißlich.

Dieser Herr von Portenach / der diese History also in Welscher Sprachen zum aller ersten machen ließ / der war genannt Herr Wilhelm von Portenach / derselbige schiede sich nun von dieser Welt / an dem heyligen Pfingstabendt / da man zelet nach Christi unsers HERRN Geburt / 1400. Jar / am 18. tage / deß Monats May / Und er ward bestatet zu Portenach gar ehrlich und gar reich / und darbey waren gar viel grosser Herrn / Geistlicher und weltlicher / und ward sein Son Hans von Portenach / Herr nach im / der da umb seinen Vatter gar grossen jammer unnd viel leyd hette / doch thet er als die Weisen thun / Denn was niemand widerbringen mag / dasselbige sol und muß man GOtt befehlen.

Und da er nun seines Herrn und Vatters Begråbnuß ehrlich hett begangen / da ward er auch Herr zu Mathesolon[153] / er war auch gar ein ehrlicher und frommer milder Herr / und vollbracht gar viel gute wercke. Er war auch deß Kônigs von Franckreich Neve / oder Freundt / von der her / die seine Mutter gewesen war / er war auch gar ein naher Freundt deß Kônigs von Norwegen / derselbige auch von Melusina geschlecht herkommen war / deßgleichen der Kônig von Cypern / der von Armenia und von Behem / als ir das vormals mehr gehôrt habt / wie die alle seine nahend geborne Freund und Gesipt gewesen sind / auch der Hertzog von Lůtzelburg / unnd darzu die Graffen vom Forst / und auch die Graffen von Potiers / die Graffen von Pavenburg in Engelland / die von Cabrerice[154] in Arrogon / und noch auff diese gegenwertige zeit / da das Buch in Welscher sprach / als vor offt stehet / getich ward / da haben auch gelebet gar mannliche und auch gar kůne Ritter in Norwegen / die deß Stammen von Lusinien gewesen sind / und dieser Stammen also weyt und fern erbreitet in Welschem unnd auch Teutschem Lande / auch in Franckreich / in Ho-

153. vermutlich die Ortschaft Matefelon im Anjou, nordöstlich Angers. – 154. s. Anm. 145.

land / in Norwegen / gen Behem / gen Lůtzelburg / im Elsaß / und dergleichen auch anderswo.

Und als dieser Herr Johannes von Portenach / ein Herr zu Mathesolo / nun vernam / das diß Buch von seinen Vordern angefangen / und doch noch nit zu eim rechten ende vollbracht war / da hett er darzu allen seinen fleiß und ernst / und begert auch / daß der tichter dise History mit grossem fleiß vollbrecht / darumb er im viel freundtschafft beweisen wolt / dasselbige thet nun der Tichter von seiner bitt wegen.

Und also sind nun die von Lusinien / und die von Portenach / von Kônigen und Kônigin / von Fůrsten und Fůrstin / von Graffen und Marggraffen / Hochgeborn und Wolgeborn / und zumal fast herkommen. Und deß letzten Herrn / Herr Hansen von Portenach Ehfraw / die ist ein edle Gråffin von Pyarregott[155] geborn / dasselbige ligt in dem Hertzogthumb zu Gynne[156] / dieselbige Graffschafft gab der groß Carol einem seiner Freund und Ohem / da er das Hertzogthumb Gynne bezwang / und also bestund die Graffschafft immer in mannlichem geschlecht / biß auff die zeit / daß diß Buch in Frantzôsischer Zungen getkönnen und gemacht ward / Und weil nun aber solch getichte dieses Buchs und Historien noch auff diese zeit / als ich eigentlich vernimm / also in Teutscher Zungen und Sprach noch nie funden ist / so hab ich das alles im anfang dieses Buches vorgeschrieben / unnd mit der hůlff Gottes vollbracht / am Donnerstag nach Vincentzen Tag / deß heyligen Mårtyrers / im Jar / als man zelet nach Christi unsers lieben Herrn geburt / 1400. und in dem 56. Jar / und hab auch diß Buch schlechtlich / und auch gantz on alles reimen / und der substantz / so best als ich kundt / gesetzt / den ich solcher ding / von einer Sprach in ein andre zu machen / und zu transferiren / nit ein Meister bin / so wil ich darumb den obgenannten / meinen gnådigen Herrn / den Marggraffen zu Rôteln[157] / demůtiglichen / und

155. die Grafschaft Périgord, südlich des Poitou. – 156. Herzogtum Guyenne (= Aquitanien), Südwestfrankreich. – 157. Markgraf Rudolf von Hochberg, Herr zu Röttlen und Susenburg.

gar ernstlich bitten / denn er die Sprach baß kan / denn ich / und also bitt ich in / und ein jeglichen / der sich denn baß weiß darnach zu richten / und diesem Buch zu helffen / das ers bessern / reformieren und corrigiern wölle / wo deß notturfft sey. Nun hab ich seytmals / und auch von einem deß Geschlechts / genennet von Erlach[158] / gesehen und gehört / der da in viel Schlössern / die Melusina erbawet hat / als diß Buch beweiset / gewesen / und die gesehen hat / nemlich / deß ersten Lusinien / Favent / Meerfent / den Thurn zu Maxend und Rottschelle / deßgleichen das Hauß und Schlossz / da denn der Graff vom Forst innen gesessen war / den da Goffroy zu todt sprenget.

Fürbaß hat er gesehen die Kirchen / die Melusina gebawet hat zu Lusinien / und ich habe auch gesehen und gelesen / viel schöner Historien und Bücher / er sey von deß König Artus Hof / und von viel seiner Ritterschafft / von der Tafelrunde / von Herr Hiban / und Herr Gawan / Herr Lantzelot / Herr Tristrant / Herr Partzefal / der gantz ein besondere History und Geschicht hat / auch darzu von Sanct Wilhelm / unnd von Pontus / von Hertzog Wilhelm von Otlichs / und von Meelin / Die nun alle in GOtt verschieden sind / Unnd mich Tichter dieses Buchs bedüncket / daß diese History oder geschicht / die allerabenthewrlichest / und glaubhafftigest sey / denn andere.

Besonder so halt ich vielmehr darvon / denn von den andern allen / ursach halben / daß die vorgemeldten geschlecht alle daher kommen / und geborn sind / darumb nun das Buch für ein warheit geschrieben / und erzeiget werden mag.

Ich habe auch von dem / genannt von Erlach / gehöret / daß die Graffen von Sanct Paulus in Franckreich / auß demselben Stammen sind gewesen / und daß sie auch in irem Wappen führen Melusinam / die Meerfein / in der form und gestalt / als sie denn alle Sambstag war / Nemlich / von dem Nabel hinauff / ein Menschliches / hübsches / unnd Weiblich Bildt / unnd von dem Nabel hinab / ein grosser ungehewrer und feindseliger langer Wurm.

158. Berner Adelsgeschlecht.

Also hat dieses Bůchlein ein ende / Gott der
wôllc uns allen seinen heyligen Frieden
senden unnd geben /
Amen.

ZUR TEXTGESTALT

Thüring von Ringoltingens *Melusine* wird hier in der Fassung des *Buchs der Liebe* (1587) vorgelegt. Zum Abdruck dieser Fassung haben wir uns hauptsächlich aus folgenden Gründen entschlossen: eine Handschrift oder einen Inkunabel-Text abzudrucken, hätte wegen der ausgeprägten hochalemannischen Mundart zu Verständnisschwierigkeiten bei einem nicht philologisch ausgebildeten Leser führen können; der mögliche Ausweg, den Text eingehend zu kommentieren oder mit einer parallelen neuhochdeutschen Übersetzung zu bieten, erschien wenig sinnvoll, zumal seit 1958 eine wissenschaftliche Ausgabe des Textes (herausgegeben von Karin Schneider in den *Texten des späten Mittelalters*) zur Verfügung steht. So lag es nahe, zu einer jüngeren Fassung zu greifen, die in sprachlicher Hinsicht weniger dialektgefärbt ist, aber zugleich den Text der ursprünglichen Version ohne folgenreiche Eingriffe konserviert hat. Eine solche Textfassung bietet uns das *Buch der Liebe.* Hinzu kam noch die Erwägung, eventuell weitere frühneuhochdeutsche Prosaromane, die in diesem Sammelband eine Heimstätte gefunden haben, als zuverlässige Lesetexte neu herauszugeben, so daß auf diese Weise nicht nur das *Buch der Liebe* eine längst fällige adäquate Neuedition erfährt, sondern daß vor allem die bedeutendsten frühen deutschen Romane des fünfzehnten und sechzehnten Jahrhunderts in einer Fassung veröffentlicht werden, die jedem Literaturfreund zugänglich ist und ihn mit den Eigentümlichkeiten des Erzählwesens dieser frühen Zeit vertraut zu machen geeignet ist.

Das *Buch der Liebe*, dessen pikant-amouröser Titel in keinem Verhältnis zum Tenor der tugendsamen Liebesgeschichten steht, ist der Versuch, die Roman-Lieblinge des lesefreudigen Publikums des sechzehnten Jahrhunderts in einer Sammlung auf den Büchermarkt zu bringen. Feyerabendt war ein rühriger, versierter und geschäftstüchtiger Verleger in der Blütezeit des Frankfurter Buchhandels. Er gehört zu den ersten, die im ›großen Stil‹ verlegten und mehrere Druckereien beschäftigten. Vor dem umfangreichen *Buch der Liebe* waren bei Feyerabendt u. a. das große *Theatrum Diabolorum*, eine Sammlung protestantischer Teufelsliteratur, und fast die Hälfte der vierundzwanzig Bände der *Historien von Amadis* erschienen.

Das *Buch der Liebe*, ein imposanter Großfolio-Band von fast achthundert Seiten, erschien mit einem langen Titel, der Inhaltsangabe und Anpreisung zugleich ist. Da er in seiner Art interessant und bis zu einem gewissen Grade auch typisch für Druckerzeugnisse des ausgehenden sechzehnten Jahrhunderts ist, teilen wir ihn hier ungekürzt mit:

Das Buch der Liebe / | Inhaltendt | Herrliche Schöne | Historien Allerley Selten | vnd newen Exempel / darauß mennig- | lich zu vernemmen / beyde was recht ehrliche / dargegen auch was | vnordentliche Bulerische Lieb sey / Wie so gar wunderbarlicher weiß / die so wol ho- | hes als nidern stands Personen offtermals eyngenommen / Auch mit was seltzamen Abenthewren / vnd | grosser Leibs vnd Lebens gefahr / sie solch jhr fürnemmen ins Werck gericht / biß jhnen endtlich durch Glücks schickung / zum | theil ein frölich gewündscht endt / zum theil aber ein erbärmlicher außgang erfolget. Wie dann solchs auß den Exempeln der | vnschuldigen Princessin / Keysers Octauiani Gemahel / sampt der keuschen Hertzogin in Britannien / welche beyde bey höch- | ster vnschuldt zu dem grimmigen Todt deß Feuwers vervrtheilt / Aber doch endtlich durch Gottes deß gerechten Rich- | ters versehung jhre vnschuldt hell an Tag kommen / So auch vnzehlich viel anderer hohen stands Perso- | nen / als Königin / Fürstin / Gräuin / vnd vom Adel / deren diese Historien meldung | thun / augenscheinlich zu ersehen. |

Demnach / welcher gestallt die vom Adel / vnd andere so zu Hof seyn / Ritterschafft | vben / oder sonst nach hohen Ehren streben / sich zu verhalten / damit sie bey grossen Potentaten | gnad vnd gunst erwerben / so auch bey menniglich Lob vnd Preiß erlangen mögen. |

Ferner / wie in allen Weltlichen Håndeln / bevorab in Liebssachen vnd Ritterspielen / das Glůck | so gar wanckelmůtig vnd vnbestendig / vnd jetzt durch offentliche gewalt / dann mit heimlichen Tůcken | der Tugendt vnd Frômbkeit zu zusetzen pflegt / vnd dadurch von jhrem guten fůr- | satz abwendig zu machen vermeynet. |

Letzlich / wie in solchen Fållen / Tugendt vnd Frômbkeit / jre Nachfolger vnd Liebhaber / vngehindert allerhand | anstôß vnd widerwertigkeit / allwegen herauß zureissen / vnd endlich mit grossen | Freuden in Ehrenstandt zu bringen vnd setzen pflegen. |

Allen hohen Standts personen / Ehrliebenden vom Adel / zůchtigen Frauwen vnd Jungfrauwen / | Auch jederman in gemein so wol zu lesen lieblich vnd kurtzweilig / als liebs vnd leyds nahe verwandt- | schafft / Glůcks vnd Unglůcks wunderbarliche wechssel / vnd dann die kråfftige Hůlff Gottes in nôten | hierauß zu erkennen / vnd in dergleichen fållen sich desto bescheidener zu ver- | halten / fast nůtzlich vnd vortråglich. |

(Illustration)

In gegenwertiger Form vnd zierlicher Teutscher Sprach / mit kurtzen verståndtlichen Sum- | marien vber alle Capitel / auch schônen Figuren / auffs new zugericht / vnd in Truck | geben / dergleichen vor nie gesehen. |

Franckfurt am Mayn / in verlegung Sigmund Carln Feyerabendts. | M. D. LXXXVII.

Diese Ausgabe ist nur noch in wenigen Exemplaren erhalten. Wir haben das Exemplar der Herzog August Bibliothek zu Wolfenbüttel benutzt.

Goedeke nennt in seinem *Grundriß* für den Erstdruck des *Buchs der Liebe* das Jahr 1578; er konnte aber nur ein Exemplar in Darmstadt angeblich nachweisen, doch haben mehrfache Nachforschungen anderer Bibliographen ergeben, daß diese Ausgabe weder in Darmstadt noch anderswo existiert hat, so daß wir wohl mit der Ausgabe von 1587 als einzigem Druck zu rechnen haben.

Ins *Buch der Liebe* haben Romane verschiedenster Herkunft Aufnahme gefunden, so daß diese Sammlung in toto einen guten Einblick in die Erscheinungsformen dieser Gattung im sechzehnten Jahrhundert gewährt. Wir finden unter den Texten *Octavian*, *Magelone*, *Melusine*, *Ritter vom Turn*, *Pontus und Sidonia*, *Herpin* – sie alle mehr oder weniger freie Nacherzählungen nach französischen Vorlagen. Zwei der Texte sind aus dem Italienischen übertragen worden: *Camillo und Emilie*, *Florio und Bianceffora*. Der *Tristrant* und der *Wigoleis* sind Prosafassungen deutscher Versepen des hohen Mittelalters: Eilharts von Oberge *Tristrant und Isalde* und Wirnts von Gravenberc *Wigalois*. *Theagenes und Chariklea*, die deutsche Fassung von Heliodors *Aethiopica*, vertritt den spätantiken Roman, der vor allem auf den Roman des siebzehnten Jahrhunderts von großem Einfluß war. Schließlich sind die beiden Romane von Georg Wickram, *Ritter Galmy* und *Gabriotto und Reinhart*, als Zeugen des im sechzehnten Jahrhundert einsetzenden deutschen ›Originalromans‹ abgedruckt worden.

Beim Abdruck der Vorlage haben wir uns bemüht, den Text möglichst in seiner zeitbedingten rudimentären Darstellungsweise zu bieten. Auf Eingriffe in den Text ist – bis auf geringe, unten notierte Ausnahmen – verzichtet worden. So haben wir vor allem die teilweise befremdliche Anordnung der Kapitelüberschriften so belassen, wie sie in der Vorlage enthalten ist. Daß Kapitelüberschrift und Kapitelinhalt nicht immer übereinstimmen oder daß zwischen beiden Verschiebungen stattgefunden haben, ist eine merkwürdige Tatsache, die sich bereits in den ältesten Handschriften unseres Textes findet. Manches deutet darauf hin, daß zunächst diese Kapitelüberschriften nur als Illustrationshinweise gedacht waren und nicht unmittelbar mit dem Textablauf in organischem Zusammenhang standen. Möglicherweise hat man sie später als Kapitelüberschriften verstanden und sich darüber, daß sie den Text oft an der unpassendsten Stelle zerschneiden, hinweggesetzt. Ebenso eigentümlich ist diesen Romanen die Wiederholung einzelner Illustrationen.

Man wird dafür nicht immer die Sparsamkeit des Druckers, der die Kosten vieler Holzschnitte scheute, als Erklärung in Anspruch nehmen dürfen, manche Wiederholung scheint nämlich auch durch variierte Situationen des Erzählgefüges bedingt zu sein. Auch diese Erscheinung, die nicht nur auf das *Buch der Liebe* beschränkt ist, sondern in den meisten illustrierten Büchern der Zeit begegnet, glaubten wir erhalten zu sollen.

Zu Eingriffen in den Text sahen wir uns nur in folgenden Fällen berechtigt:

Abbreviaturen, Nasal- und Geminationsstriche wurden aufgelöst; die Schreibung von *i/j* und *u/v* wurde ausgeglichen: *i* und *u* nur vor Konsonanten, *j* und *v* nur vor Vokalen. Der Wechsel von *uͤ/ů* für den u-Umlaut wurde einheitlich mit *uͤ* wiedergegeben. Der Infinitiv mit ›zu‹ wurde einheitlich getrennt geschrieben. Offensichtliche Druckfehler wurden stillschweigend verbessert. Direkte Rede wurde in Anführungsstriche gesetzt. Die z. T. verballhornten Eigennamen sind nicht korrigiert worden. Einige Lesehilfen und knappe sprachliche Erläuterungen wurden als Fußnoten hinzugefügt.

Textverbesserungen haben wir nur in den folgenden Fällen gegen die Vorlage vornehmen müssen:

S. 21, 6 *daß es*] *daß er*. 22, 29 *Marckt*] *Marck*. 25, 11 *dienet*] *deinet*. 32, 12 *Larotschelle*] *Alarotschelle*. 35, 33 / *das*] *das*. 36, 20 *XIX*] *IX*. 38, 36 *Lehen*] *Leben*. 45, 18 *antworten*] *anworten*. 59, 4 *unnd* [*schlug einen christen*] *so hart*] *unnd so hart*. 74, 34 *Felsen*] *Feygen*. 81, 28 *dieselbige verbrandte*] *dieselbigen verbrandten*. *84, 9* *dreuwet*] *reuwet*. 85, 2 *hoͤren*] *hoͤret*. 86, 36 *denn*] *den*. 96, 22 *ritten* / *so*] *ritten. So*. *98*, 7 *denn*] *den*. 103, 2 *Albanie*] *Abanie*. 117, 2 *inniglichem*] *innigchem*. 123, 16 *fordern*] *forden*. 126, 3 *meiner Schwestern* [*sun gewesen*] / *von*] *meiner Schwestern* / *die von*. 132, 1 *hinauf*] *hinauß*. 139, 29 56] 66.

Das ›Vorwort‹ Thüring von Ringoltingens zur *Melusine*, das im *Buch der Liebe* nicht enthalten ist, teilen wir hier ergänzend nach der Kopenhagener Handschrift der *Melu-*

sine (Kgl. Bibliotek København, Sign.: Thott 423 4°) mit, auf der auch Karin Schneiders Edition basiert. Der folgende Text mag gleichzeitig einen Eindruck vom Lautstand der Fassung des fünfzehnten Jahrhunderts vermitteln.

Düß Aventürlich bůch bewiset unß von einer frowen genant Melusine die ein mer faye und dar zů ein geborne küngin und uß dem berge Awalon komen was Der selbe berg lit in franckenrich Und wart düsse merfaye alle samstag vom nabel hin under ein grosser langer wurm Dan sü ein halb gespōnste was Es sint auch von ir grosse mechtige geschlechte komen von künigen von fürsten graffen fryen ritter und knechten / der nach komen noch hüt by tage ernampte künige fürsten graffen ritter und knehte sind da by man prüfen mag das düse Materie durch ir experyentz bewiset das die hystorien war und an ir selbs also ist.

Sid das der grosse natürlich meister Aristotiles spricht an dem anefang und vorrede syns ersten bůchs Methavisice. Ein yeglich mōnsch begert von natur viel zů wissend Har umb So hab ich Turing von Ringgoltingen von bern uß ōchtland ein zů mol seltzen und gar wunderlich frōmde Hystorien funden in franckzoyser sprach und welscher zungen Die aber ich zů eren und zů dinst des edlen wol geborn Heren marggraff Rudolffs von hochberg Heren zů rōttlen und zů susenburg myns gnedigen heren zů tütscher zungen gemacht und translatiert hab nach mynem besten vermogen und ob ich den synn der materyen nit gantz nach dem welschen bůch gesetzet hab. So hab ich doch die substantz der materyen so best ich kond begriffen Und das ist von eyner frowen genant Melusine die ein mer frowe gewesen und noch ist. Das sü nit gantz nach mōnschlicher natür ein wib gewesen ist. Besunder hat sü von gotts wunderen ein andre gar frōmde und seltzne ußzeichung gehebt. Und wie das sige das ir wandel sich etwas eynem vast grossen gotts wunder oder gesponst glichete. So hat sü doch natürliche und eliche kint gelassen wol süben süne die doch grosse mechtige künig fürsten heren und graven und türe Ritter gewesen und yre nach komen nach sind uff disen hüttigen tag. Es sige in franckrich in Cypren in Armenyen in Behem in Engeland in Norwegen in Holland in tütschen landen und anderßwo. Und har umb menglich es dester billicher halten und glauben sol und mag. Denn auch David in dem psalter spricht. Mirabilis deus in operibus suis. Got ist wunderbar in synen wercken Das bewiset sich eygentlich an düsser frömder figur und hystorie. Wie aber sich die benempte Melusine erzőugte by dem ersten dar noch wannen und von welhem geschlechte lüte sü gewesen sig und wie ir muter pre[s]ine ouch ein merfaye und doch ein kunigin gewesen ist Werdent ir alles hie nach hőren uff das kurtzeste begriffen. Demnoch soliche fromde und schone hystorien lieplich und lüstlich zů lesen oder zů hőren sint und den lütten zů sagen ze prisen sint. Den als der rose under allen blůmen gepriset würt Also ist auch kunst und aventür über alle andre zittliche ding lieb zů habend.

Couldrette: Mellusine. Poème relatif à cette fée poitevine composé dans le XIVe siècle, publié pour la première fois d'après les manuscrits de la Bibliothèque impériale, par Francisque Michel. Niort 1854.

– Le roman de Mélusine ou Histoire de Lusignan. Éd. [...] par Eleanor Roach. Paris 1982.

Jean d'Arras: Mélusine, roman du XIVe siècle. Publié pour la première fois d'après le manuscrit de la bibliothèque de l'Arsenal, avec les variantes des manuscrits de la Bibliothèque nationale, par Louis Stouff. Dijon 1932.

Thüring von Ringoltingen: Melusine. Nach den Handschriften kritisch hrsg. von Karin Schneider. Berlin 1958.

Melusine. [Erstdruck 1474.] In: Jan-Dirk Müller (Hrsg.): Romane des 15. und 16. Jahrhunderts. Frankfurt a. M. 1990.

Behr, Martin: Buchdruck und Sprachwandel. Schreibsprachliche und textstrukturelle Varianz in der *Melusine* des Thüring von Ringoltingen (1473/74–1692/93). Berlin / Boston (Mass.) 2014.

Bennewitz, Ingrid: Komplizinnen und Opfer der Macht. Die Rollen der Töchter im Roman der Frühen Neuzeit. In: Helmut Brall (Hrsg.): Personenbeziehungen in der mittelalterlichen Literatur. Düsseldorf 1994. S. 225–245.

Biltz, Karl: Zur deutschen Bearbeitung der Melusinensage. In: Zeitschrift für den deutschen Unterricht 8 (1894). Erg.-H. 3. S. 1–15.

Borcherdt, Hans Heinrich: Geschichte des Romans und der Novelle in Deutschland. Tl. 1. Leipzig 1926.

Bumke, Joachim: Die romanisch-deutschen Literaturbeziehungen im Mittelalter. Ein Überblick. Heidelberg 1967.

Classen, Albrecht: Geschlechts- und Ehebeziehungen im 15. Jahrhundert. Der Fall *Melusine* von Thüring von Ringoltingen. In: German Studies Review 17 (1994) S. 233–268.

Desaivre, Leo: Le mythe de la mère Lusine. Étude critique et bibliographique. In: Mémoires de la Société de Statistique, Sciences, Lettres et Arts du Dép. des Deux-Sèvres 20 (1882) S. 80–300.

Drittenbass, Catherine: Aspekte des Erzählens in der *Melusine* Thürings von Ringoltingen. Dialoge, Zeitsruktur und Medialität des Romans. Heidelberg 2011.

Ertzdorff, Xenja von: Die Fee als Ahnfrau. Zur *Melusine* des Thü-

ring von Ringoltingen. In: Beiträge zur Geschichte der deutschen Sprache und Literatur 94 (1972). Sonderheft: Festschrift für Hans Eggers. S. 428–457.
– Romane und Novellen des 15. und 16. Jahrhunderts in Deutschland. Darmstadt 1989.
Fröhlicher, Hans: Thüring von Ringoltingen's *Melusine*, Wilhelm Ziely's *Olivier vnd Artus* und *Valentin vnd Orsus* und das Berner *Cleomades*-Fragment mit ihren französischen Quellen verglichen. Diss. Zürich 1889.
Haug, Walter: Francesco Petrarca – Nicolaus Cusanus – Thüring von Ringoltingen. Drei Probestücke zu einer Geschichte der Individualität im 14./15. Jahrhundert. In: W. H.: Kleine Schriften zur Literatur des Mittelalters. Tübingen 1995. S. 332–361.
Heisig, Karl: Über den Ursprung der Melusinensage. In: Fabula 3 (1959/60) S. 170–181.
Hoffrichter, Leo: Die ältesten französischen Bearbeitungen der Melusinensage. Halle 1928.
Kohl, Richard: Das Melusinenmotiv. Symbolgeschichtliche Studie zur Sirenen-, Erd- und Sündendarstellung. Bremen 1934.
Kohler, Julius: Der Ursprung der Melusinensage. Eine ethnologische Untersuchung. Leipzig 1895.
Liebertz-Grün, Ursula: Das Spiel der Signifikanten in der *Melusine* des Thüring von Ringoltingen. In: Hans-Jürgen Bachorski (Hrsg.): Ordnung und Lust. Trier 1991. S. 211–225.
Liepe, Wolfgang: Die Entstehung des Prosaromans in Deutschland (1922). Wiederabgedr. in: W. L.: Beiträge zur Literatur- und Geistesgeschichte. Hrsg. von Eberhard Schulz. Neumünster 1963. S. 9–28.
Lugowski, Clemens: Die Form der Individualität im Roman. Studien zur inneren Struktur der frühen deutschen Prosaerzählung. Berlin 1932.
Mackensen, Lutz: Die deutschen Volksbücher. Leipzig 1927.
Mertens, Volker: Aspekte der Liebe, ihre Semantik in den Prosaromanen *Tristrant*, *Melusine*, *Magelone* und *Goldfaden*. In: Helmut Brall (Hrsg.): Personenbeziehungen in der mittelalterlichen Literatur. Düsseldorf 1994. S. 109–134.
Mühlherr, Anna: *Melusine* und *Fortunatus*. Verrätselter und verweigerter Sinn. Tübingen 1993.
Müller, Jan-Dirk: Melusine in Bern. Zum Problem der »Verbürgerlichung« höfischer Epik im 15. Jahrhundert. In: Literatur – Publikum – historischer Kontext. Hrsg. von Thomas Cramer. Frankfurt a. M. / Bern / Las Vegas 1977. S. 29–77.

Müller, Jan-Dirk: Thüring von Ringoltingen. In: Die deutsche Literatur des Mittelalters. Verfasserlexikon. 2. Aufl. Hrsg. von Burghart Wachinger [u. a.]. Bd. 9. Berlin / New York 1995.

Nowack, Marie: Die Melusinen-Sage, ihr mythischer Hintergrund, ihre Verwandtschaft mit anderen Sagenkreisen und ihre Stellung in der deutschen Litteratur. Freiburg i. Br. 1886.

Oppenheim, F. H.: Der Einfluß der französischen Literatur auf die deutsche. In: Deutsche Philologie im Aufriß. Hrsg. von Wolfgang Stammler. 2. Aufl. Bd. 3. Berlin 1962. Sp. 1–106.

Pafenberg, Stephanie: Vorsehung, Zufall und das Böse in der *Melusine* des Thüring von Ringoltingen. In: Colloquia Germanica 28 (1995) S. 265–284.

Roloff, Hans-Gert: Stilstudien zur Prosa des 15. Jahrhunderts. Die *Melusine* des Thüring von Ringoltingen. Köln/Wien 1970.

– Anfänge des deutschen Prosaromans. In: Handbuch des deutschen Romans. Hrsg. von Helmut Koopmann. Düsseldorf 1983. S. 54–79.

Ruh, Kurt: Die *Melusine* des Thüring von Ringoltingen. München 1985.

Schorbach, Karl: Die Historia der schönen Melusine. In: Zeitschrift für Bücherfreunde 1 (1897/98) S. 132–142; 9 (1905/06) S. 147 f.

Schnyder, André [u. a.] (Hrsg.): Historische Wunder-Beschreibung von der so genannten Schönen Melusina. Die *Melusine* (1456) Thürings von Ringoltingen in einer wiederentdeckten Fassung aus dem frühen 18. Jahrhundert. Berlin 2014.

– / Mühlethaler, Jean-Claude (Hrsg.): 550 Jahre deutsche Melusine. Coudrette und Thüring von Ringoltingen. Bern [u. a.] 2008.

Stammler, Wolfgang: Kleine Schriften zur Literaturgeschichte des Mittelalters. Berlin 1953. S. 71–95.

Weydt, Günther: Der deutsche Roman der Renaissance und Reformation bis zu Goethes Tod. In: Deutsche Philologie im Aufriß. Hrsg. von Wolfgang Stammler. 2. Aufl. Bd. 2. Berlin 1960. Sp. 1217–1356.

Williams, Gerhild S.: Frühmoderne Transgressionen. Sex und Magie in der *Melusine* und bei Paracelsus. In: Daphnis 20 (1991) S. 81–100.

NACHWORT

I

Thüring von Ringoltingens *Melusine*, die 1456 in Bern entstanden ist, gehört zu den ersten Denkmälern einer neuen Gattung innerhalb der deutschen Literatur: der des Prosaromans, der nach einigen, zum Teil noch im dunkeln liegenden Vorversuchen in Deutschland erst im fünfzehnten Jahrhundert wesentlich in Erscheinung tritt. In den dreißiger Jahren dieses Säkulums verfaßte Elisabeth von Nassau-Saarbrükken nach französischen Chansons-de-geste-Dichtungen vier deutsche Prosaromane: *Herpin, Sibille, Loher und Maller, Huge Scheppel;* 1444 gab Johann Hartlieb seinen Albrecht III. von Bayern gewidmeten *Alexander* heraus, den er nach lateinischen Vorlagen frei bearbeitet hatte. Um 1456 übertrug Eleonore von Schottland, seit 1449 Gemahlin Sigmunds von Tirol und Vorderösterreich, den französischen Prosaroman von *Pontus und Sidonia*, von dem es – aus vermutlich etwas früherer Zeit – eine zweite, stilistisch anders gestaltete Bearbeitung eines Ungenannten gibt. Einige Jahre später beginnt man deutsche Versdichtungen des Mittelalters (*Tristrant, Wigalois* u. a.) in Prosafassungen umzugießen. Rechnet man noch ein paar bisher nur als Fragmente bekanntgewordene Prosaromane hinzu, so ist das ein verheißungsvoller Beginn einer neuen Gattung.

Durch seine mannigfach sich überschneidenden thematischen wie formalen Abhängigkeiten und Eigenheiten kann dieser frühe deutsche Prosaroman als ein rechtes Gewächs des Spätmittelalters angesehen werden. Zwei Eigenheiten gelten in besonderem Maße für alle diese Romane des fünfzehnten Jahrhunderts – erst im sechzehnten und siebzehnten Jahrhundert ändern sich die Verhältnisse –: sie sind keine Originalschöpfungen im ›modernen‹ Sinne, sondern Übersetzungen oder besser: Nacherzählungen und selbständige Neubearbeitungen ihrer Vorlagen. Nach den damaligen literarischen Vorstellungen liegt darin kein Nachteil, denn ›Originalleistung‹ in unserem Sinne ist in dieser Zeit, die sich der

Tradition verpflichtet fühlte und in ihrer Literatur europäisch dachte, kein Wertmaßstab. Die andere Eigenheit ist, daß diese Texte von den markanten Strömungen, die unser historisches Bild dieser Zeit bestimmen, merkwürdigerweise unberührt geblieben sind. Es finden sich weder humanistische Reminiszenzen noch erbaulich-theologische Betrachtungen. Auch das starke satirische Element des späten Mittelalters begegnet nirgends. Aber auch die mittelalterlich-höfische Atmosphäre ist weder in der Form noch im Ethos vorhanden. Diese Züge haben sich die Romane, wie ihre zahlreichen Drucklegungen bezeugen, bis ins siebzehnte Jahrhundert unverändert bewahrt.

Die sich auf alle Gebiete – kulturelle, wirtschaftliche und soziale – erstreckenden Veränderungen im Spätmittelalter haben natürlich auch das Wesen der Literatur in bestimmtem Maße beeinflußt. Seit dem fünfzehnten Jahrhundert meldet sich zunehmend das Bürgertum in der Literatur zum Wort und trägt seinen geistigen Fähigkeiten und Interessen durch Übernahme und Anverwandlung älterer Vorlagen und Stoffe Rechnung. Man wird in der deutschen Literatur dieser Zeit nicht übermäßig viel Originelles, Neues finden, wohl aber sehr eigenmächtige Assimilierungen von Stoffen, die dem geistigen Bedürfnis dieser neuen Schicht entgegenkamen. Die literarische Leistung dieser Zeit besteht nicht im Auffinden neuer Inhalte, sondern in der Rezeption ausgewählter älterer Stoffe, wobei sowohl die Auswahl – es ist keineswegs wahllos rezipiert worden – als auch die Art und Weise der Rezeption die literarische Situation in vieler Hinsicht trefflich beleuchten. Der modus recipiendi zeigt sich deutlich in der neuen, ›subjektiven‹ Auffassung vom Gegenstand – man könnte auch sagen: in der bürgerlichen Interpretation des Gegenstandes – und in seiner Formgebung. Die Autoren des fünfzehnten Jahrhunderts haben, was sie übernahmen, auf den eigenen Meridian visiert und dadurch ihren Arbeiten einen Stil gegeben, der, analysiert man ihn, die geistigen Signaturen der Zeit und ihrer Träger anschaulich erkennen läßt. In dem neuen eigenen Ausdruckswillen besteht ein großer Teil der literarischen Leistung der Zeit, die zu Unrecht von der älteren Forschung literarischer Impotenz geziehen wurde. Die Rezeptionsliteratur des Spätmittelalters wird man als ein geschichtliches Faktum ansehen müssen, das unter einem angemessenen historischen Aspekt den Eindruck scheinbarer Unfruchtbarkeit verliert; die Bedeutung dieser Literatur des fünfzehnten Jahrhunderts für die Literaturgeschichte ist noch nicht abzusehen; daß ihr mehr Beachtung zukommt, als man bisher für sie übrig hatte, dürfte sicher sein. Der deutsche Prosaroman des fünfzehnten Jahrhunderts gehört in diesen Bereich.

Es unterliegt sicherlich auch nicht dem Zufall, daß der deutsche Prosaroman des Spätmittelalters an die Stelle der traditionellen epischen Versdichtung trat. Verschiedene Beobachtungen lassen darauf schließen, daß in der Mitte des fünfzehnten Jahrhunderts die geistige Konstellation für sein erfolgreiches Erscheinen am günstigsten war. Es ist auffällig, daß er eine besondere Beziehung zum oberen Bürgertum hat; seine Autoren entstammen fast alle dieser Schicht; wo Adlige als Verfasser genannt werden, ist es fraglich, ob die eigentliche literarische Arbeit auf sie oder nicht doch auf Kanzlei-Angehörige zurückgeht. Charakteristisch ist auch seine Abneigung gegen alles Höfisch-Idealistische der hochmittelalterlichen Ependichtung, statt dessen zeigt sich ein starkes Interesse am Faktischen und am Geschichtlichen. Teilweise dringt auch ein etwas hausbacken anmutender Rationalismus bürgerlicher Provenienz ein; er kann durchaus zu einer neuen Orientierung ethischer Werte führen. Anderseits freilich ist die Fähigkeit den Formenreichtum mittelalterlicher Dichtung zu verstehen oder gar nachzuahmen zu dieser Zeit bereits nicht mehr vorhanden; die Schlußworte des anonymen Erzählers des Prosa-*Tristrant*, dessen Vorlage bezeichnenderweise Eilhart von Oberge war, sind symptomatisch für diese Veränderung, deren Gründe sich letztlich auf eine anders ausgerichtete Bildung zurückführen lassen: ... *Aber von der leüt wegen die söllicher gereymter bůcher nicht genad haben. auch etlich die die kunst der reymen nit aigentlich versteen kündent hab jch Vngenannt dise Hystorj in die form gebracht.*

Nicht minder entscheidend für das Auftreten des Prosaromans war, daß die deutsche Prosa, deren erste Blüte in diesen Zeitraum fällt, zu einem fähigen Ausdrucksmittel herangereift war, so daß sie den ganzen Kosmos eines Romans sprachlich und formal gestalten konnte. Der Übergang vom Vers zur Prosa ist mindestens in der Geschichte der Epik eine markante Periodengrenze, denn der äußere Formenwechsel kennzeichnet gleichzeitig den inneren Sinneswandel; Prosa steht der Wirklichkeit näher als die allein ästhetischen Gesetzen unterliegende Versdichtung.

Schließlich kamen auch Anregungen für das im deutschen Sprachraum neue Genus des Prosaromans aus Frankreich herüber, wo sich der Prosaroman schon seit geraumer Zeit durchgesetzt hatte; da aber auch französische Versdichtungen zu deutschen Prosaromanen umgeformt wurden, läßt sich die Entstehung des deutschen Prosaromans nicht allein auf französischen Einfluß zurückführen. Förderlich für die Verbreitung des Prosaromans war auch die zunehmende Lese-Kenntnis und -Lust breiter Schichten, die ihren Lesehunger nur zu einem geringen Teil mit Erbauungsschriften stillten. Schließlich trug die immer wirksamer werdende Vervielfältigungspraxis zu einer raschen, weiten und preisgünstigen Verbreitung der Texte bei; die Anfänge des Prosaromans und der deutsche Buchdruck überschneiden sich weitgehend.

II

Ehe wir uns dem Text zuwenden, sei das wenige, was wir über Thüring von Ringoltingen wissen, mitgeteilt. Seine Familie war bäuerlichen Herkommens und hieß schlicht Zigerli; bis in die Mitte des vierzehnten Jahrhunderts war sie im Niedersimmental (Berner Oberland) ansässig. Danach tauchen einzelne Familienmitglieder urkundlich in Bern als Gewerbetreibende auf. Sie waren sehr tüchtig und hatten Erfolg, so daß sie kraft ihres rasch erworbenen Vermögens zu einigem Ansehen im Berner Stadtstaat gelangten. Durch Einheiraten in alte, zum Teil adlige Geschlechter der Stadt und der Umgegend gewannen sie an gesellschaftlichem Prestige. Bezeichnend ist, daß Thüring von Ringoltingens Großvater um 1400 seinem bäuerlich-bürgerlichen Namen Zigerli den adlig-standesgemäßen Namen ›von Ringoltingen‹ beilegt. Die eigentlichen Träger dieses Namens waren bereits im vierzehnten Jahrhundert ausgestorben. Rudolf von Ringoltingen, Thürings Vater, der um 1380 geboren war, tilgte schließlich um 1430 den Namen Zigerli ganz; in einer Notariatsurkunde von 1439 begegnet er als *nobilis vir Rudolphus de Ringoltingen*. Er galt als einer der reichsten Männer Berns, gehörte dem Kleinen Rat an und hatte maßgeblichen Anteil an der Entwicklung des Gemeinwesens; noch in hohem Alter bekleidete er dreimal das Amt des Schultheißen. Sein einflußreiches Ansehen beruhte auf seinem Vermögen, seiner Beredsamkeit und seiner vornehmen Verwandtschaft.

Die äußeren Lebensumstände Thüring von Ringoltingens, unseres Autors, liegen weitgehend im dunkeln; er hat in der Öffentlichkeit keine solche Rolle gespielt wie sein Vater. Er ist zwischen 1410 und 1415 geboren, gehörte bereits seit 1435 dem Großen Rat an, war 1442/43 Vogt in Baden und von 1448 bis 1456 Pfleger des Berner Münsterbaues; in dieser Eigenschaft hat er das Zehntausendritter-Fenster und das Dreikönigs-Fenster gestiftet. Als reifer Mann bekleidete er zwischen 1458 und 1468 viermal das Schultheißenamt. Seiner Ehe mit der Luzernerin Verena von Hunwyll entstammten fünf Töchter, von denen vier in alte adlige Familien einheirateten. Im sog. Burgunderkrieg soll er auf französischer Seite gestanden haben. Nach dem Erwerb einer Twingherrschaft vor den Toren Berns durfte er sich den Titel Junker beilegen; gleichwohl mußte er sich noch gegen Anfeindungen und Verunglimpfungen wegen seines illegalen adligen Familiennamens zur Wehr setzen. Im sog. Berner Twingherrenstreit stellte er sich auf die Seite des Adels. Er wurde als Adliger wegen Übertretung des Kleidergebots aus der Stadt gewiesen, doch wird ihm im zeitgenössischen Bericht hierüber bezeichnenderweise kein Adelsprädikat zuerkannt. Sein an Vermögen und Grundbesitz reiches väterliches Erbe hat er bis zu seinem Tode (1483) fast restlos aufgebraucht. Doch dürfen wir uns Thüring von Ringoltingen nicht als Parvenü vorstellen; er muß ein für seine Zeit recht gebildeter Mann gewesen sein, denn er verfügte über gute Kenntnisse der französischen und lateinischen Sprache, war in der schönen Literatur ziemlich belesen und zeigt ein beachtenswertes stilistisches Geschick im Umgang mit der deutschen Prosa. Seine schriftstellerische Leistung scheint auf die *Melusine* beschränkt zu sein.

Wie Thüring von Ringoltingen zu einer der Handschriften der französischen Vorlage kam, ist leider nicht bekannt. Warum er aber die Geschichte von Melusine und ihrer Familie neu nacherzählt hat, gibt er an: ihn dünkte, *daß diese History oder geschicht / die allerabenthewrlichest / und glaubhafftigest / denn andere* sei; er setzt sie bewußt von einer größeren Anzahl von Romanen ab, die wir als ausgesprochen höfisch aufzufassen gewöhnt sind. Ihm muß die Melusinen-Geschichte trotz ihres mythischen Hintergrundes als eine Art historischen Romans vorgekommen sein, *ursach halben / daß die vorgemeldten geschlecht alle daher kommen / und geborn sind / darumb nun das Buch für ein warheit geschrieben / und erzeiget werden mag.* Gewidmet ist das Buch dem Markgrafen Rudolf von Hochberg; in ihm aber den Anreger der deutschen Fassung sehen zu wollen, wie es in der Literarhistorie zum Teil geschehen ist, leuchtet nicht ein, denn nach Thüring von Ringoltingens eigener Aussage beherrschte der Markgraf die französische Sprache besser als er selbst.

III

Der eigentliche Ursprung des Melusinen-Themas liegt noch weithin im dunkeln. Es gehört in den Kreis jener in der Weltliteratur in zahlreichen Modifikationen vorkommenden Mythen von der Verbindung eines außerirdischen Wesens mit einem Menschen. Bei einem bestimmten Ereignis, das meist die Übertretung eines Gebotes ist, entschwindet das Wesen der anderen Ordnung. Das Charakteristische des Melusinen-Themas ist es, daß das außerirdische Wesen seinen irdischen Partner verlassen muß, nachdem dieser gegen ausdrückliches Verbot seinen Gemahl zu einem bestimmten Zeitpunkt in seiner wahren Gestalt erblickt hatte. Man hat in der Forschung lange Zeit angenommen, daß Gallien die Heimat des Melusinen-Märchens wäre; neueste Forschungen machen es aber wahrscheinlich, daß das Melusinen-Märchen aus Zypern stammt und von dort nach Südfrankreich gelangte. Die älteste literarische Fassung begegnet uns in den *Otia Imperialia* (um 1210) des Gervasius von Tilbury, der unter Otto IV. Kanzler und Marschall in Burgund war. Er erzählt:

Raimund, Burgherr von Roussel in der Gegend von Aix-en-Provence reitet eines Tages an dem Flusse Lar entlang. Da begegnet er einer außergewöhnlich schönen Frau; sie sitzt auf einem geschmückten Roß und ist selbst prunkvoll gekleidet. Er grüßt sie; sie erwidert seinen Gruß und *nennt ihn beim Namen.* Er wundert sich darüber und dringt mit schlüpfrigen Worten in sie, sie solle ihm zu Willen sein. Sie widerstrebt: sie werde außerhalb der Ehe niemandem angehören, aber wenn er sie zu seiner Gemahlin mache, dann werde er sich der ersehnten Umarmungen erfreuen dürfen. Der Ritter stimmt zu; sie aber erwidert, er werde, solange er mit ihr zusammenlebe, höchstes irdisches Glück genießen, *solange er sie nicht nackt erblicke.* Sobald er sie aber nackt gesehen habe, werde er alles Glückes verlustig gehen und kaum ein kümmerliches Dasein fristen. Er willigt ein, und die Ehe wird geschlossen. Das Glück des Ritters nimmt ständig zu, sein Ansehen bei seinen Mitmenschen steigt unablässig, sein irdisches Hab und Gut mehrt sich, der Ruhm seiner Tapferkeit verbreitet sich immer mehr, so sehr, daß er über seine Standesgenossen hinausragte und nur wenigen ganz erlauchten Vornehmen nachstand. Bei den Menschen beliebt und bei allen angesehen, zeichnete er sich durch beträchtliche Freigebigkeit und feine Bildung aus und zeugte Söhne und Töchter von höchster Schönheit. Nach vielen Jahren wollte Raimund, von der Jagd und dem Vogelfang heimkehrend, seiner Gattin einiges erlegte Wild zum Geschenk machen, während sie in dem ehelichen Gemache badete. Während die Speisen zubereitet wurden, überkam ihn der Wunsch, seine badende Frau nackt zu sehen; meinte er doch, daß die Gefahr, die einmal damit verbunden gewesen sei, nach so langer Frist des Zusammenlebens nunmehr geschwunden sei. Sie warnte ihn davor und weissagte Unglück, wenn er nicht auf sie höre. Er aber läßt sich nicht durch ihre Bitten bewegen, von seinem törichten Vorhaben abzulassen, sondern zieht das Leinentuch fort, mit dem die Badewanne zugedeckt war. Als er sie nackt erblickt, tritt er hinzu; sie aber verwandelt sich alsbald in eine Schlange, steckt den Kopf unter das Wasser des Beckens und verschwindet. Sie wurde nie wieder erblickt; nur manchmal kam sie des Nachts, um nach ihren kleinen Kindern zu sehen, und die Wärterinnen hörten sie, bekamen sie aber niemals zu sehen. Der Ritter aber büßte sein Glück und sein Ansehen zum größten Teile ein (Heisig, S. 171 f.).

Das Melusinen-Märchen ist hier in seiner ersten literarischen Kodifizierung noch auf die namenlose Fee und auf Raimund beschränkt; der Märchencharakter ist noch wesentlich gewahrt. Irgendwann im dreizehnten oder vierzehnten Jahrhundert wurde dieses Märchen mit der Geschichte des Geschlechts der Herren von Lusignan (in der Nähe von Poitiers) in Verbindung gebracht, die im Wappen ihres Hauses ein Schlangenweib führten. Die Lusignans waren eine Zeitlang Herrscher über Zypern, das Guy von Lusignan 1192 Richard Löwenherz abgekauft hatte; noch in der zweiten Hälfte des vierzehnten Jahrhunderts machte Peter I. von Lusignan, von 1360 bis 1369 König von Zypern, im Abendlande von sich reden, indem er zu einer Kreuzfahrt wider die Heiden aufrief. Auch die Sage von Geoffroy au grand dent, dem Sohn des Grafen Geoffroy I. von Lusignan, wurde dem Melusinen-Stoff integriert. Dieser Geoffroy war als »wilder und trotziger Raubgraf« und Feind der Mönche bekannt; 1232 soll er das Kloster Maillezais niedergebrannt und anschließend eine Bußfahrt nach Rom unternommen haben. So haben sich Historisches und Märchenhaftes zur Melusinen-Sage vereinigt, die eigentlich eine Verherrlichung des Hauses Lusignan ist, als dessen Stammutter die ›Fee‹ Melusine in Anspruch genommen wird. Im Namen Melusine glaubte man eine Verknüpfung zum Geschlecht der Lusignans zu finden, indem man Melusine als entstanden aus ›Mere‹

und ›Lusignan‹ volksetymologisch erklärte; die französischen Fassungen schreiben neben Melusine auch Mellusigne, um die genealogische Beziehung deutlich hervortreten zu lassen. Die einzelnen Zwischenstufen der Sagenbildung sind unbekannt. Erst gegen Ende des vierzehnten Jahrhunderts treffen wir wieder auf literarische Zeugnisse, aus denen sich die Entstehung der Sage rekonstruieren läßt und die gleichzeitig die beiden endgültigen Fassungen darstellen.

Zwischen 1387 und 1393 verfaßte Jehan d'Arras, von dem man weiß, daß er um 1400 als Buchhändler in Paris lebte, seinen Prosaroman von der Melusine; das Werk hatte einen großen Erfolg und ist später mehrfach gedruckt worden. Bald darauf entstand das Versepos *Mellusine* oder auch *Le roman de Lusignan ou de Parthenay*, dessen Dichter der in der Literaturgeschichte sonst völlig unbekannte Couldrette ist, der nach seinen eigenen Angaben in den Diensten der Herren von Parthenay stand. Sein noch im Stile höfischer Ependichtung geschriebenes Werk ist nur handschriftlich überliefert und kaum bekannt geworden. Beide Bearbeitungen, sowohl die von Jehan d'Arras als auch die von Couldrette, müssen, wie philologische Untersuchungen gezeigt haben, auf eine gemeinsame Vorlage zurückgehen, die sich nicht erhalten hat. Die längere Zeit vertretene Ansicht, Couldrettes Versdichtung beruhe auf dem Prosaroman des Jehan d'Arras, hat sich durch Hoffrichters Forschungen als ein Irrtum erwiesen.

Couldrettes Versfassung – und nicht Jehan d'Arras' Prosaroman, wie man früher glaubte – ist die Vorlage für Thüring von Ringoltingens deutschen Prosaroman gewesen.

IV

Der frühneuhochdeutsche Prosaroman von der Melusine gehört, wie schon angedeutet wurde, in den Kreis der Rezeptionsliteratur und ist von hier aus zunächst zu betrachten, wenn man ihm gerecht werden will. Man hat bei zahlreichen Analysen der epischen Rezeptionsliteratur des fünfzehnten

Jahrhunderts feststellen können, daß die Hauptsymptome des Rezeptionsvorganges Kürzungen und Erweiterungen der Vorlage sind; reine Übersetzungen in modernem Sinne, bei denen Struktur und Stil der Vorlage möglichst beibehalten werden, kommen so gut wie gar nicht vor. So können z. B. Vorgänge und Handlungen, die in der Vorlage nur angedeutet sind, breit ausgeführt werden; dagegen wird alles, was dem Geschmack des Autors und seiner Zeit zuwiderlief oder was unverständlich war, rigoros getilgt. Vorstellungen bürgerlicher Provenienz und neue moralische Wertungen der Helden und ihres Tuns dringen ein; häufig beziehen die Autoren Stellung zu ihrem Erzählgegenstand, geben Erklärungen und Belehrungen für ihre Leser ab und versuchen, durch eingefügte Sprichwörter oder literarische Exempla einzelnen Vorgängen eine ihrer Zeit angemessene Überzeugungskraft zu verschaffen. Wenn sie schließlich noch zu einer eigenen Anordnung der Erzählung greifen, die auf die Struktur der Vorlage wenig Rücksicht nimmt, so geht daraus hervor, daß der Vorgang der Rezeption zu einem selbständigen Nacherzählen der Vorlage führt und daß dabei der Form nach etwas ›Neues‹ entsteht. Im Grunde sind das die altbekannten und vielerprobten Mittel der mittelalterlichen Literaturpraxis: die Abbreviatio und die Amplificatio, die hier im Rahmen des Rezeptionsprozesses mit größter Selbstverständlichkeit gehandhabt werden. Unter diesem Aspekt ist die *Melusine* ein Musterbeispiel für die vielfältigen literarischen Vorgänge, die bei der Rezeption stattfinden. Auf dem Wege vom französischen Versgedicht zum deutschen Roman haben sich so viele Veränderungen abgespielt, daß die französische und die deutsche Fassung nur noch den Stoff und dessen Anordnung in der ›story‹ gemeinsam haben. Thüring von Ringoltingen hat die ›story‹ einer so tiefgreifenden formalen Umgestaltung unterzogen, daß sich daraus zwangsläufig auch gewisse gehaltliche und gedankliche Veränderungen gegenüber der Vorlage ergeben haben. Beachtenswert ist dabei, daß er bei der Umgestaltung bewußt nach eigenen Intentionen vorgegangen ist; in der Vorbemerkung zur *Melusine* schreibt er: *Ob ich den synn der materyen nit gantz nach dem welschen buch gesetzet hab, so hab ich doch die substantz der materyen, so best ich kond, begriffen.* Unter *substantz* haben wir die ›story‹ zu verstehen, unter *synn* die Kunstform der Vorlage. Bei diesem Ansatz kann es nicht überraschen, daß Thüring von Ringoltingen von den fast siebentausend Versen annähernd vierzig Prozent gestrichen hat. Die Art und Weise der Tilgungen läßt – wenn man sie genau analysiert – einen festen Formwillen und eine andere Haltung gegenüber dem Erzählgegenstand, als sie der Autor der Vorlage einnahm, erkennen. Thüring von Ringoltingens planvolle Kürzungen tendieren auf die Herausarbeitung des Faktischen; alles Rhetorisch-Ornamentale entfällt. In die deutsche *Melusine* wird nur aufgenommen, was für den Ablauf der Erzählung unbedingt erforderlich ist. Der hier herrschende antirhetorische Affekt ist letztlich die Ursache für die faktenfrohe Nüchternheit des deutschen Prosaromans. Indem die rhetorisch-poetischen Elemente des Stils der französischen Vorlage reduziert, ja annulliert werden, ergibt sich ein stilgeschichtlich bedeutsamer Umschlag: an die Stelle des uneigentlichen poetischen ›Sprechens‹ tritt das eigentliche ›Sprechen‹, das die Fakten beim Namen nennt und sie möglichst genau zu fassen sucht. Die Erweiterungen, die Thüring von Ringoltingen gegenüber der Vorlage vorgenommen hat, stützen diesen Vorgang wesentlich und sorgen dafür, daß sein anderer Stil in sich gefestigt und ausgeprägt ist. Die Hinzufügungen des deutschen Autors reichen von einzelnen Wörtern bis zur integrierten Erzähleinlage; sie machen nicht weniger als ein Drittel des deutschen Romans aus. In ihrem Gefolge dringen natürlich die Symptome einer anderen Vorstellungswelt in das Werk ein, und die Darstellung der Gestalten, die Lebenshaltung und die Erzählweise erfahren gegenüber der Vorlage durchgreifende Veränderungen. Anderseits muß das, was aus der Vorlage ohne Umwandlung übernommen wurde – es ist wenig und begegnet meist in den längeren Reden der Gestalten –, den Intentionen des deutschen Autors entsprochen haben. Das Ergebnis des Rezeptionsvorganges ist der neu interpretierte Stoff und seine eigenständige stilistische Formung. Das berechtigt uns, die *Melusine* Thüring von Ringoltingens als vollgültiges Zeugnis der deutschen Literatur des fünfzehnten Jahrhunderts anzusehen, das geeignet ist, uns Einblicke in einen literarischen Kosmos zu geben, der in vielem anders organisiert ist, als man es gemeinhin gewöhnt ist. Dieser Unterschied hängt nur zu einem geringen Teil damit zusammen, daß Texte wie die *Melusine* am Anfang einer neubegründeten Gattung stehen und noch nicht das erzählerische Raffinement späterer Romane aufweisen können. Geht man jedoch dem zunächst Befremdenden nach, so zeigt sich, daß vieles scheinbar Abstruse in ganz bestimmter Weise funktional bedingt und nicht zufällig-ungeschickt ist. Dieses Andersartige aufzuspüren ist nicht nur philologisch-historisch reizvoll, sondern geradezu notwendig, denn es gibt mancherlei Aufschlüsse über den Geist des Autors und seiner Zeit.

Stellte man die Frage nach dem Thema, der Problematik und ihrer Lösung in diesem Roman, so setzte die Beantwortung in Verlegenheit, denn seine Konzeption ist weder einheitlich, noch ist eine Konfliktlösung als Ziel angestrebt; der Roman bricht an einer Stelle ab, wie er an einer Stelle eingesetzt hat. Weder eine Entwicklung noch eine einzelne thematische Durchführung dürfen wir erwarten. Melusines durch den Eidbruch ihres Gemahls vereitelte Erlösung ist zwar ein Hauptthema, aber keinesfalls umfaßt es den ganzen Roman. Was uns vorliegt, ist weniger die Geschichte Melusines und Reymunds als vielmehr ein Familienroman, dessen Vorgänge im wesentlichen von drei Generationen bestritten werden: von den Eltern Melusines und Reymunds, von Melusine und Reymund selbst und von deren zehn Söhnen. Die Verherrlichung des Melusinen-Geschlechts, das nach der Vorstellung des deutschen Autors bis in seine Zeit angeblich weiterlebte, ist das den ganzen Roman umschreibende Thema. Der Erwerb von Ländern durch Kampf und Heirat und die gesunde Tatenfroheit, verbunden mit der Vorstellung des deutschen Autors, daß die Vorgänge ›historisch‹ wären, mögen dem Stoff seine große Beliebtheit im fünfzehnten und sechzehnten Jahrhundert verschafft haben. Nicht zu übersehen ist auch der rote Faden einer bürgerlichen Moral, der sich durch die ganze Geschichte zieht. Mindestens im Lebensgang Melusines und ihres Gemahls ist von hier aus ein Exempel bestrafter Superbia und irdischer Inconstantia zu sehen; die genau am Höhepunkt eingefügte Anekdote vom heiligen Augustinus und die Augustinische Maxime, daß fortschreitendes menschliches Glück ein wahres Anzeichen für ewige Verdammnis sei, geben der Gedankenwelt des Romans einen so starken moralischen Akzent, daß alle Vorgänge und Aktionen eigentlich nur sub specie aeternitatis zu sehen sind und parabolisch-exempelhaft verstanden werden sollen. Alles ist von einem geradlinigen Ursache-Folge-Verhältnis, dessen Anfang und Ende nicht festliegen, bestimmt. Einzelne Handlungen und Vorgänge werden ebenso einfach wie unumstößlich als ›Ergebnisse‹ vorausgegangener Handlungen angesetzt. Doch wird die motorische Zwangsläufigkeit des Geschehens ihrer Eintönigkeit durch eine besondere Strukturkonzeption enthoben.

Auch die Anlage und Darstellung der Personen, die uns in der *Melusine* begegnen, zeigt noch keine Individuen, deren personale oder charakterliche Entwicklung zum Gegenstand der Erzählung gemacht werden könnte, ja, es wäre nicht einmal dem Text adäquat, psychologisch-individuelles Verständnis des Autors für das Seelenleben seiner Helden und Heldinnen zu erwarten. Sie sind Typen, die vorherbestimmte geistige Wesenheiten verkörpern und festgelegte Funktionen zu erfüllen haben. Sie haben die Fähigkeit, in ihren emotionalen Äußerungen wie Zorn und Wut, Klagen und Weinen, Zerknirschung und Freude von einem Extrem ins andere umzuschlagen, wenn die Erzählsituation es fordert, denn die Figur ist im wesentlichen durch den Ablauf der Handlung, in dem sie Funktionen wahrnimmt, bestimmt, nicht umgekehrt die Handlung durch die Figur. Alle diese epischen Figuren führen eine Art Marionettendasein. Nichts ist in dieser Erzählung nach der vorwaltenden Grundkonzeption

›zufällig‹ oder verändert sich durch eine individuelle Handlungsweise, die ihren Grund nur in der Beschaffenheit der Person hat, sondern alles erweist sich an einem gewissen Punkt als vorherbestimmtes Ereignis. Die göttliche Weltordnung des Makrokosmos bestimmt ebenso das Ordnungsprinzip des literarischen Mikrokosmos. In dieser Hinsicht bewegen wir uns in der *Melusine* noch ganz im Bereich mittelalterlicher Vorstellungen. Alles, was in diesen Romanen geschieht, ist – nach der Vorstellung und Meinung des Autors – nur Ausdruck und Repräsentanz des göttlichen Willens; bezeichnend dafür ist, daß diese Art Romane in einen ›seligen‹ Ausgang münden, wo die durch das Böse verursachte Unordnung überwunden und das göttliche Ordnungsprinzip wiederhergestellt ist.

Wenn wir uns die drei Hauptgestalten des Romans näher ansehen, finden wir in ihnen diese Vorstellungen verkörpert. Reymunds Lebensweg umschreibt eine Umdrehung des Rades der Fortuna. Fortuna erhebt ihn vom armen Grafensohn zum reichen, angesehenen Herren; er fällt, als er im Affekt seinen Eid bricht und das Geheimnis seines Weibes preisgibt. In Reue und Buße verbringt er den Rest seines Lebens als Einsiedler bis zu seinem seligen Ende. Die Sternstunde seines Aufstieges zeigt seine Abhängigkeit von außer ihm wirkenden Mächten, sein Untergang ist ebenso zwangsläufig, denn er macht sich der menschlichen Ursünde schuldig, der Superbia: Klagend schaltet sich an dieser Stelle der deutsche Autor ein: *Ach Reymund / wie hastu dich so gantz und gar von aller vernunfft gescheiden / unnd lâssest unbescheidenheit in dir so gewaltig regieren / warumb hastu die verargwohnet / der es als leid was / als dir / die dich als gar lieb und so werd hett / und wider dich nie arges thet / und uber solche Gelůbd und Eyd / so du ihr gelobet und geschworen hettest / und sie dir auch / und dir allen iren Handel und Sach gesagt / und ob du ir solch dein Gelůbd und Treuw nicht hieltest / daß du sie verlieren wůrdest. Reymund dein Glůck / dein Selde / und alle deine freud und Ehr / sollen leyder / jetzund ein ende haben* (S. 86). – In Reymund sah jene Zeit ein Beispiel für das ›Gesetz‹ der Welt verkörpert, daß die Glückseligkeit dieses *jamertals* ein Ende nehmen muß, denn der Niedergang in dieser Welt verhilft zum ewigen Leben in jener anderen. Das Rad der Fortuna symbolisiert diesen ständigen Kreislauf. Weder ›Schicksal‹ noch ›Tragik‹ bestimmen Reymunds Weg, sondern die christliche Weltordnung, von der sein Beispiel Zeugnis ablegt. So ist Reymund ein ›christlicher Held‹, der am Ende durch exemplarische Buße und Reue zur erwünschten Demut und einem gottseligen Ende findet.

In Melusine begegnen wir, so, wie sie im deutschen Text dargestellt ist, überraschenderweise einer beispielhaften Christin, deren mythischer Erbteil, so gut es geht, christlich kompensiert wird. Sie ist zwar eine Meerfee, aber auch eine geborene Königin, sie ist zwar allwissend und verfügt über gewisse Zaubergaben, aber sie weiß alle Artikel christlichen Glaubens zu nennen, im Zorn schilt Reymund sie zwar ein *Gespenst*, aber sie ist frömmer und gottesfürchtiger als der Gemahl. Ihre Klugheit, ihre Tugend, ihre Keuschheit und ihr Anstand, ihr höfisches Verhalten und ihre liebevolle Fürsorge lassen sie als einen Idealtypus der Ehegattin erscheinen. Sie ist es, die den verzweifelten Reymund die erstrebenswerte christliche Haltung im Unglück lehrt: *du solt gedůltig seyn in deinem kummer und leiden / und solt es Gott befehlen / der alle ding vollbringet nach seinem willen / unnd dem seinen willen niemandts verkehren mag* (S. 85). Als Stammutter eines bedeutenden Geschlechtes, als Stifterin eines großen Reiches und Bauherrin weltlicher und geistlicher Stätten mußte sie zwangsläufig diese vorbildlichen Züge erhalten. Ihre überirdischen Fähigkeiten sind im wesentlichen auf epische Funktionen reduziert; sie kommen recht merkantil der Reichsgründung zugute, denn Melusine verfügt über genügend Hilfsmittel, um in kürzester Zeit den Stammsitz errichten und ausrüsten zu lassen. Der auf ihr lastende Fluch, nur als Mensch bis zum Tode leben zu dürfen, wenn ihr Partner ihr wahres Wesen, in das sie sich an jedem Samstag verwandeln muß, nicht erfährt, erscheint streckenweise in diesem Text als nicht mehr denn eine Schrulle, während der sie schützende Eid, den Reymund leisten mußte, wie eine sakramentale Bindung moralisch bewertet wird. Seine Verletzung ist das Vergehen Reymunds; die Entdeckung des wahren Wesens wird hier nicht als die Aufdeckung eines Betruges, dem Reymund aufgesessen ist, gesehen, sondern als ein moralisches Vergehen Reymunds an seiner Gattin. Ihre lange, rhetorisch wirkungsvoll gebaute Wehklage und die tadelnden Bemerkungen des Autors bezeugen das. Die selbstverständliche Einbeziehung des Mythischen in den christlich-realen Lebensbereich wird deutlich, als Melusine bei der ersten Begegnung Reymund versichert, daß alles, was ihm sein Herr prophezeit hat, geschehen und vollbracht werde *mit der hůlff Gottes / der alle ding vermag* (S. 13). Ebenso ist Melusines ganze Existenz im christlichen Weltplan verankert; ihr Lebensweg ist – wie der ihres Gemahls – von Gott geordnet. Als Reymund sie um Verzeihung für sein Vergehen bittet, antwortet sie ihm bezeichnenderweise: *Das sol noch mag nicht mehr geseyn / denn es Gott nicht also geordenet hat . . .* (S. 91).

Höchst charakteristisch für die typische Anlage einer Figur dieser Erzählliteratur dürfte die Gestalt des Goffroy, des wilden, ungebärdigen Helden, Melusines sechsten Sohnes, sein. Die Darstellung seines personalen Wesens mag beim heutigen Leser am meisten Befremden auslösen, nicht nur wegen der Ungeheuerlichkeit seiner Taten, sondern vor allem wegen deren extremer Motivierungen. Goffroy ist – wie die meisten seiner Brüder – mit einem Zeichen der Besonderheit auf die Welt gekommen: aus dem Munde wächst ihm ein grimmiger Hauer, ein Eberzahn. Er wird als überaus stark und kräftig dargestellt, ist aber auch von wunderlicher und wilder Sinnesart. Als erste Bewährungsprobe besiegt er in hartem Kampf mit Gottes Hilfe – wie der Autor versichert – einen Riesen, der Land und Leute seiner Eltern verwüstet und plagt. Als gefeierter Ritter erreicht ihn die Bitte eines nordischen Landes, dort ebenfalls einen solchen Unhold zu töten, als Lohn winkt ihm Gewalt und Herrschaft des Landes;

edelmütig lehnt er die in Aussicht gestellte Belohnung ab: es käme ihm nur auf die selbstlose ritterliche Tat an. Der Autor beeilt sich, an dieser Stelle das makellose Ethos des Helden herauszustellen: *und wolte schnell ... den Riesen bestehen / denn im sein Hertz / Sinn und mut / allweg auff hohen Preiß / auch Wittwen und Waysen zu beschirmen stundt / unnd darzu alle Ungläubigen zu vertreiben begeren was* (S. 79). Während er zur Reise rüstet, erhält er die Nachricht, daß sein Bruder Freymund ins Kloster gegangen ist. Hierüber fällt er in unsäglichen Zorn und setzt sich in den Kopf, das ganze Kloster zu verderben. Die Begründung für diese ungeheuerliche Tat ist reichlich dünn: sie beruht auf der Annahme, die Mönche hätten seinen Bruder zu ihrer Lebensform verführt und dem ritterlichen Orden entzogen. Auch die Entgegnung des Abtes und Freymunds selbst, er sei aus eigenem Willen ins Kloster gegangen, vermögen Goffroys rasenden Zorn nicht zu besänftigen. Was Goffroy hier begeht, ist eine Affekthandlung, die aber nicht aus seinem Wesen, sondern aus Situation und Umständen herzuleiten ist. Der Umschlag vom tugendhaften zum lasterhaften Helden ist Ausdruck für die ganze Breite ›heldischer‹ Möglichkeiten. Der Typ des Helden zeigt sich als ein Bündel extremer Veranlagungen und Leistungsmöglichkeiten; Riesenkampf und Brudermord dürften als die horizontalen Endpunkte dieser Skala anzusehen sein. Der Umbruch im Helden ist nicht psychologisch, sondern typologisch zu verstehen. Der typische Held ist eine Ausnahmeerscheinung im Positiven wie im Negativen; was er tut, geschieht fast immer aus dem Affekt, ob er nun edelmütig ein Land befreit oder ein Kloster brandschatzt. Ebenso extrem und affektiv ist Goffroys Reue über seine Untat; auch die Zerknirschung, das Jammern, Wehklagen und die reichlichen Tränen gehören zum vorgefertigten Schema des ›Helden‹, einem Schema, dem die Figuren der verschiedensten Stoffe angepaßt werden. Eine dichterische Figur wie Goffroy ist in ihrer Montage zerlegbar, ihre einzelnen Elemente begegnen allenthalben in der Literatur der Gattung und der Zeit. Es ist ganz selbstverständlich, daß er im Kampf mit dem anderen Riesen siegt und die angebotene Herrschaft über das befreite Land aus edlen Motiven ausschlägt. Als er zurückkehrt und das ganze Ausmaß des angerichteten Unheils erfährt, geht ihm *vor not der Schweiß auß* (S. 112), und er klagt Gott sein Leid und Ungemach. Aber fast gleichzeitig bricht er auf, um Rache an seines Vaters Bruder zu nehmen, der seinerzeit Reymund zur ersten Verletzung des Eides veranlaßt hatte, und bringt den Grafen vom Vorst zu Tode. Nachdem sein Vater sich von der Welt zurückgezogen hat, übernimmt er dessen Herrschaft, pilgert nach Rom, erhält Absolution, baut das Kloster, schöner und reicher ausgestattet als vorher, wieder auf und beschließt sein Leben in christlich-tugendhafter Bescheidenheit. Zu der hier angedeuteten strukturellen Konzeption des Heldentypus dieser Literatur kommt bei Goffroy noch eine besondere Nuance hinzu, die sich auch für ihn aus dem ›theologisch-christlichen Überbau‹ ableitet. Nicht nur, daß er seine Kämpfe gegen die Riesen nur mit der Hilfe Gottes besteht, sondern auch sein Mordbrand am Kloster wird – wenn man sich Melusines Worten anschließt – als Ausdruck des allgegenwärtigen Willen Gottes gesehen, denn die Mönche hätten ob ihres sündigen Lebens Strafe verdient gehabt: *darumb / daß Goffroy das Kloster und die Můnche verbrennet unnd verderbet hat / solt ihr wissen / daß es GOtt also uber die Můnch verhengt hat / von irer grewlichen grossen Sůnd wegen / unangesehen also / denn sie ir Regel und Observantz nicht gehalten haben / . . .* (S. 88). So wird hier noch ein weiteres Element in die Figur des Ritters Goffroy ›montiert‹: das eines Ritters Gottes, der unbewußt göttlichen Willen vollzieht.

V

Nicht weniger als die Thematik und die literarische Darstellung der Personen verdienten auch die scheinbar befremdlich wirkenden Eigenheiten der Erzählung in Struktur und Sprache einige Aufmerksamkeit. Doch gestattet der hier zur Verfügung stehende Raum nur, auf einige wenige Punkte dieses interessanten, aber leider noch nicht erforschten Gebietes einzugehen.

Obwohl der deutsche Autor den Rahmen des Handlungsablaufes bei seiner Nacherzählung nicht verändert hat, hat er – und das ist ihm hoch anzurechnen – durch die Einfügung der Augustinus-Anekdote einen bemerkenswerten Angelpunkt für den geistigen Umschlag in der Erzählung gesetzt. Sie verrät, daß er die Erzählung genau erfaßt hat und die Gewichte richtig zu verteilen wußte.

Als grundsätzliches Bauprinzip dürfen wir die sukzessive Stufung ansehen, d. h., es wird alles nacheinander erzählt, und zwar auf verschiedenen Stufen. Zunächst geht die Handlung auf der Ebene Reymunds vor sich; die Vorgänge spielen sich alle nacheinander ab; parallele, d. h. chronologisch gleichzeitige Handlungen gibt es nicht. Als die ältesten Söhne erwachsen sind, geht die Handlung für einige Zeit an sie über, und zwar auf eine eigene Stufe, auf der wir nun den ganzen Hergang und das siegreiche Ende ihrer Kriegsfahrt erfahren. Ihre Episode schließt mit einem Ausblick in die Zukunft ihrer Geschlechter. Dann begibt sich der Erzähler wieder auf die Ebene Reymunds zurück, um über die Wirkung zu berichten, welche die Nachricht vom Erfolg der Söhne auf die Eltern hat. Was währenddessen etwa auf deren Ebene geschehen sein könnte, wird außer acht gelassen; sobald die Handlung von der einen Stufe auf die andere übergeht, ist die frühere nicht mehr existent; wir erfahren nie, was inzwischen auf der früheren Stufe geschah. Genauso ist es, als Reinhart und Anthoni ausreiten, ihre Kämpfe bestehen und Reiche begründen. Auch hier wird ein Ausblick auf die künftige Generation gegeben, dann springt der Erzähler kurz zu Reymund zurück, berichtet aber nicht etwa, was Reymund inzwischen getan hatte, sondern was er – chronologisch gesehen – nach der Episode seiner Söhne tut: er versucht Goffroy vom Kampf mit dem Riesen und Freymund vom Eintritt ins Kloster abzuhalten. Ebenso sind die weiteren Episoden des Romans aneinandergereiht. Was diese Episoden auf den verschiedenen Stufen – auch bei der scheinbaren Verfächerung gegen Ende des Romans hin – bindet, ist ihre strenge stoffliche Bezogenheit: in allen Fällen handelt es sich um Angehörige der Familie, seien es nun die Söhne oder die Verwandten von Reymund und Melusine. Die Einheit des Stoffes ist in knappster Form vom Anfang bis zum Ende gewahrt – mit der einzigen Ausnahme der eingefügten Anekdote, die deshalb von so großer Wirkung auf den Leser ist. So drückt sich das Hauptanliegen des Romans, die Geschichte eines berühmten Geschlechtes zu erzählen, auch in seiner formalen Komposition aus. Doch werden diese additiv gereihten einzelnen Episoden noch durch ein analytisches Prinzip verklammert: die Entdeckung, wer Melusine ist und woher sie stammt. Das geschieht erst im letzten Drittel des Romans, als Goffroy bei der Verfolgung des zweiten Riesen im Berge Awelon auf die Gräber seiner Großeltern stößt und durch eine Tafel über die Zusammenhänge aufgeklärt wird. Erst kurz vor dem Schluß wird alles aufgeklärt, und die Meliora- und Palentina-Episoden sind nicht beziehungslos, sondern vervollständigen die Familiengeschichte. Damit ist am Schluß die Exposition eingeholt und der ›offene‹ Anfang von Reymunds Aufstieg geklärt.

Allerdings dürfen wir in diesem analytischen System nicht ein ästhetisches Mittel zur Erzeugung von ›Spannung‹, die den Leser an den Text fesseln soll, sehen. ›Spannung‹ gibt es in dieser Literatur nicht. Die Frage nach dem Ende, der Lösung einer solchen Geschichte ist meist schon im Titel oder spätestens auf den ersten Seiten beantwortet. Daß Reymund seinen Eid nicht halten wird, erfahren wir gleich, als er ihn leistet, und auf künftiges Unheil wird an mehreren Stellen nachdrücklich hingewiesen. Die Aufmerksamkeit des Lesers muß wohl einerseits von der Beispielhaftigkeit der einzelnen Vorgänge und des gesamten Stoffes an sich, anderseits aber auch durch die Art und Weise, wie die Geschichte dargestellt wurde, in Anspruch genommen worden sein. Zwar nicht an der *Melusine*, aber an anderen Stoffen der Zeit, wie z. B. der *Magelone*, läßt sich beobachten, daß sie von verschiedenen Autoren jeweils ganz verschieden dargestellt worden sind, obwohl die stoffliche Einheit in jedem Falle weitestgehend gewahrt blieb.

Die ›fehlende‹ Spannung in diesem Roman ist eng mit der Funktion des Erzählers verbunden. Er nimmt künftige Ereignisse vorweg, er vollzieht den Wechsel von der einen zur anderen Erzählstufe (z. B. *Nun lassen wir das ... bleiben / unnd kommen wider an ...* [S. 40]), ohne auf chronologische Verhältnisse Rücksicht zu nehmen. Da die Kategorie der Zeit in seiner Allgegenwart aufgehoben ist, kann er vom Bericht über das Schicksal der Enkel und Urenkel unmittelbar zur Ebene von Reymund und Melusine zurückkehren und dort weitererzählen, ohne an Früheres anzuknüpfen. Vermöge seiner Allwissenheit ist er letztlich das fiktive Bindeglied der einzelnen Episoden. Aber er ist nicht nur im Hinblick auf die Geschichte allwissend, sondern er ist zugleich ihr Kommentator und ihr Interpret. Er liefert zur Erzählung gleichzeitig den Schlüssel zu ihrem Verständnis, so daß, von ihm aus gesehen, die Vorgänge der Erzählung ihren in jenem Säkulum so beliebten exemplarischen Charakter erhalten. Sprichwörter, Bibelzitate, theologische und antike Maximen gestatten ihm ›Beweise aus der Autorität‹, mit deren Hilfe er die markanten Vorkommnisse der Erzählung in eine bestimmte Richtung hin interpretiert – in welche, haben wir bereits oben angedeutet.

Daß auch die Sprache und ihre syntaktischen Strukturen gewisse Eigenheiten aufweisen, wird dem Leser nicht entgangen sein. Auch hier muß man, wenn man den Text adäquat verstehen will, seinem anderen historischen Zustand Rechnung tragen. Versuche, das Andersartige oder scheinbar Befremdliche in seinem Wesen zu erfassen, haben ergeben, daß diesen Erscheinungen ein in sich gefügtes geistiges Prinzip zugrunde liegt. Achtet man z. B. nur einmal auf den Wortschatz, so fällt sogleich seine Monotonie auf, gewisse Wörter und Wendungen kehren ständig wieder; so werden, wie die Statistik angibt, Ornantia wie *groß, schôn, starck* unzählige Male verwendet; farblose Verba wie *thun* und *kommen* kennzeichnen am häufigsten Handlungen und Vorgänge. Die Zahl der Nomina ist verhältnismäßig beschränkt, unter ihnen überwiegen die Abstrakta. Im ganzen läßt sich ein sehr enger, nüchterner, farbloser Wortschatz konstatieren, der nach herkömmlicher Vorstellung das Zeichen der Kunst- und Poesielosigkeit trägt, bei genauem Hinsehen aber läßt sich erkennen, daß dieser Wortschatz fast ausschließlich aus allgemeinen oder Ober-Begriffen besteht, die jedesmal wie Chiffren verwendet werden. Die Folge davon ist eine strenge Worttypik, die nur Überindividuell-Typisches zum Ausdruck kommen läßt. Besonders im Bereich der Darstellung der Personen läßt sich das gut beobachten, keine der Personen erscheint individuell, jede ist mit den sprachlichen Chiffren ihres Typs dargestellt; ebenso findet sich nirgendwo eine sachbezogene Beschreibung, sondern mit einer Anzahl wertender Wörter wird die Bedeutung des betreffenden Gegenstandes zu fassen gesucht. Die Wiederholung des wenigen Bekannten läßt natürlich keine Vieldeutigkeit aufkommen; sie war dieser Zeit nicht erstrebenswert; vielmehr tendierte man zum Eindeutigen und Faktischen, nicht zum Individuell-Realistischen hin; so ist die künstliche Welt der Erzählung mit Hilfe von Ober-Begriffen gestaltet, denen heute der fatale Beigeschmack des Unanschaulichen, Leeren, Trivialen anhaftet; aber wir tun gut, darin eher geistige Signaturen zu sehen, hinter denen bestimmte Denk- und Weltaspekte jener Zeit stehen.

Nicht weniger aufschlußreich sind die syntaktischen Strukturen dieser Erzählwelt. Es begegnen klare, regelmäßig gebaute Sätze. Wo von der zeitbedingten Norm abgewichen wird, geschieht es aus funktionalen Gründen, die fast immer ersichtlich sind. Die syntaktischen Strukturen geben auch hier Hinweise auf die Sinnstrukturen; lineare Aufzählung, Parataxe und chronologisches Nacheinander in der einzelnen Satz-Situation weisen auf die progressive Linearität der ganzen Erzählwelt hin. Wiederum bezeichnend ist, daß das logische Kräftespiel einzelner Situationen unausgedrückt bleibt. Wir finden im syntaktischen Bereich keine echte Hypotaxe im Sinne klassischen Periodenbaues. Die einzelnen

Satzgefüge leiden trotz ihrer Abhängigkeiten an offenbarer Spannungslosigkeit. Die erzählerische Explikation größerer Zusammenhänge verrät den hinter ihr stehenden deduktiven Denkprozeß. Ableitung im Sinne des linearen Ursache-Folge-Denkens, eine Vorliebe für eindeutige Genauigkeit und das Bemühen, einzelne Teile eng miteinander zu verknüpfen, sind nur einige der Faktoren, die die syntaktische Struktur dieser Prosa kennzeichnen.

Im ganzen hat die Sprache hier die Aufgabe der Mitteilung, der Verständigung, des Erzählens, noch nicht die des objektiven Beschreibens; dennoch ist sie, vergleicht man sie mit der Vorlage, auf dem Wege zu ›eigentlicher‹, sachbezogener Ausdrucksweise.

VI

Für eine gerechte Würdigung der *Melusine* ist es von nicht geringer Bedeutung, daß der Text gewissen Ansprüchen seiner Zeit vollauf Rechnung getragen haben muß. Wir wissen leider noch nicht, welche Kreise an der Geschichte des Hauses Lusignan so großes Gefallen fanden und was sie vornehmlich daran interessierte. Es steht nur fest, daß der Text zu einem der beliebtesten Bücher des fünfzehnten und sechzehnten Jahrhunderts gehörte, wie die stattliche Zahl seiner Auflagen beweist. Bis heute sind uns noch sechzehn verschiedene Handschriften des fünfzehnten Jahrhunderts überliefert. Die *Melusine* gehört auch zu denjenigen Texten, die sehr früh gedruckt wurden; als ältester Druck, der bisher bekannt ist, gilt die Ausgabe von Joh. Bämler, Augsburg 1474. Die Zahl der ermittelten bzw. noch erhaltenen Inkunabeln, d. h. der Drucke bis 1500, steht noch nicht genau fest, doch dürften es mindestens zehn bis zwölf sein. Allein zwischen 1506 und 1587 ließen sich mindestens sechzehn verschiedene Drucklegungen ermitteln. Rechnet man jede Handschrift wie jeden Druck als eine neue Auflage, so hat unser Prosaroman in etwa hundertundzwanzig Jahren ungefähr zweiundvierzig Auflagen erfahren. Mit diesen Zahlen, die in Wirklichkeit wohl noch höher gewesen sein werden, da manche Ausgaben inzwischen restlos verlorengegangen sind, läßt sich am besten der große Erfolg der *Melusine* belegen. Trotz der vielen Neudrucke ist Thüring von Ringoltingens Fassung relativ geringfügig von einzelnen Druckern überarbeitet worden; die Veränderungen betreffen meist nur lautliche, gelegentlich auch syntaktische oder formale Eingriffe. So hat sich die *Melusine* in ziemlich konstanter Form durch Jahrhunderte hin die Gunst des Publikums erhalten. Erst seit dem achtzehnten Jahrhundert setzen Bearbeitungen ein: so von Zachariae (1772) und vor allem von Tieck (1800). Goethes *Neue Melusine*, die *Wilhelm Meisters Wanderjahren* (III 6) integriert ist, variiert zwar die Grundmotive des Melusinen-Stoffes – die *Schöne* ist ein *undenisches Pygmäenweibchen*, das eine *Beleidigung gegen Versprechen und Schwur* von ihrem Gatten erfährt –, hat jedoch mit der stofflichen Tradition der *Melusine* kaum etwas gemeinsam. Aber schon im sechzehnten Jahrhundert reizte der Stoff zu szenischer Gestaltung: Hans Sachs (1556) und Jakob Ayrer (1598) versuchten als erste, den Roman zu dramatisieren; Tiecks Dramatisierung blieb zwar Fragment, aber Grillparzers Opernlibretto wurde von Konradin Kreutzer (1833) vertont. Und noch in unserem Jahrhundert hat sich Zuckmayer (1920) um eine Bühnengestaltung des alten Textes bemüht.